済東鉄腸
クソッタレな俺を
マシにするための
生活革命
左右社

クソッタレな俺をマシにするための生活革命

済東鉄腸

左右社

はじめに

俺が「脱引きこもり」へと歩み出したというこの異常事態をお伝えするための長い長い前置き

済東鉄腸、そんな奇怪な名前をした、どこの馬の骨とも知れぬ引きこもり野郎のことを知ってくださってる人は、読者のなかにどれほどおられるだろうか？

そもそも引きこもりって何だよ？と思われる方、厚生労働白書が定義するには「様々な要因の結果として社会的参加（義務教育を含む就学、非常勤職を含む就労、家庭外での交遊など）を回避し、原則的には6ヵ月以上にわたって概ね家庭にとどまり続けている状態（他者と交わらない形での外出をしていてもよい）を指す現象概念である」って感じだ。

内閣府調査によりゃ、二〇二三年時点で日本には約一四六万人くらいの引きこもりがいるらしい。さらにこの概念は“hikikomori”として世界デビュー、日本発祥の概念ながら実は自分の国にもそういう人々が前からいた⁉︎とばかりに広まっていってる。

そんな引きこもりだった俺が「脱引きこもり」ってやつを目指すことがどれほど異常事

態なのか……これを知ってもらうにゃ千葉ルーのことを話さないわけにはいかないだろう。

千葉ルーってのは略称で、正式名称は『千葉からほとんど出ない引きこもりの俺が、一度も海外に行ったことがないままルーマニア語の小説家になった話』（左右社）というなかなかに長いもんだ。この題名通りに特異な、ルーマニア語小説家としての俺の人生が詰まりに詰まっている一冊がこの本ってわけね。


振り返るなら千葉ルーを執筆していたときの俺は、引きこもりのままで人生終えるか否かの分水嶺に立っていたんだ。

自分もそろそろ三十だから、そろそろ動かないとさすがにヤバいという焦りが首をもたげ始めていて、ルーマニアで短編集を出版できないかと計画を立てていたわけなんだよ。

そこに本の企画書が舞いこんだ！　コイツはもう渡りにモーターボートとばかりに計画を大幅に変更して二十代の最後を執筆にブチ捧げたよ。

この執筆の過程は、今までの自分の人生を総決算することに他ならなかった。

生来の後ろ向き野郎な俺は、ルーマニア語で小説書いてても結局お金は稼げてないし、実家二階の子供部屋で自立とは程遠い生活してるじゃねえかと自分を愛せずにいた。

だが執筆を通じて、今までの恥の多い人生を肯定し、引きこもりだからこそ特異なことを成し遂げることができたと思えるようになった。

生まれながらの引きこもり体質、子供部屋おじさんを運命付けられた虚弱穀潰し、腸にクローン病という名の爆弾抱えた炎症系男子。そんなバカ野郎が三十歳という人生の節目に初の著書を出版させてもらった！　……なんて堂々と宣言できるくらい、自分に誇りを持てるようになったんだ。


それと同時にこういうことも考えだしていた。

執筆時の二〇二二年はまだまだコロナが猛威をふるっていた頃で、世界中の人々が自分の町や家に引きこもらざるを得なかった。海外に行くことも難しく、部屋にこもって「もう自分はダメだ……ここから抜け出せない」とネガティブになってる人も多かっただろう。そんな人々に「いや、今そこにいるからこそやれることがある！」と勇気づけられるような本を書きたいと。

こうして俺は「引きこもり」を看板に掲げて、千葉ルーという人生で初めての本を完成させたんだった。

ぶっちゃけ最初は「ルーマニア語やルーマニア文学ってマイナー内容のこんな本が注目されるか？」と疑心暗鬼にならざるを得なかったものの、予想を超えて多くの読者に本をお手にとっていただけて、俺は感無量大数だよ。

そして反響に喜んでいる間もなくあらゆるイベントが舞いこんできた。

指じゃ数えきれないほどのインタビューにラジオやポッドキャストへの出演、さらにはトークショーまで開催させてもらった。さらにはＳＮＳの力を使うことで、千葉ルーを読んでくれた、興味を持ってくれたって読者の方々と交流までさせていただいた。

俺は現在進行形でマジに忘れられない経験をさせてもらってる。

千葉ルーは俺の人生を次のステージへと進めてくれたわけさ。

Mulţumesc cu frumuseţea maximă, “CibaRo!”

ということは「引きこもり」卒業だな、おめでとう！

そんなことを言ってくれる読者もいそうだ。俺もちょっとそんな気になってるよ。

それでいて、自分を「元引きこもり」と呼ぶのも憚られるような心地でもある。


こういうことを聞いたことがある。アルコール中毒の患者は「酒を止める」ことはもうできず「酒を止め続ける」ということを生涯していかなくてはならない、と。

この話が俺により迫ってくるのは、引きこもりに関して似たようなことを思っているからだ。一度精神を病んで引きこもってしまうと、回復したと思えどもいつまた引きこもりへ転落するか分からない。いわば綱渡り状態にならざるを得ない。つまり「引きこもっていない」状態を維持し続ける必要がある。

引きこもりというか精神疾患全般がこういったもので、一度かかると生涯その症状と関わっていく必要があるんだろうと、俺は思っている。

だから俺としては今、今後一生続くかもしれない「脱引きこもり」のそのスタートラインにとうとう立ち、そして少しずつ前へ進み始めたとそんな気分なんだ……

こうして社会へと打って出ていくなかで、自分の意識に変化が訪れるのを俺は感じていた。

今まではとにかく意識が内に向いていたゆえに俺俺俺と唯我独尊一直線だった。

だがコロナ禍の最中にお腹痛くなったと思ったら体重が40キロ減少し、クローン病なんて消化器の難病と診断され、親はもちろん色々な人に世話になる。

とはいえ度重なる医療費に食事制限によって食費が無駄に増加などなどで資本主義への恨み骨髄に至る一方で、薬は毎日ブチ込んでるもんだから消化器以外はむしろ健康になり、散歩がてら図書館で濫読の日々。

ここで俺は経済学と運命の邂逅を果たし、この学問を通じて俺の資本主義への恨みはより論理的なものとなるのと同時に、社会がいかに営まれるかも知っていった。その果てに俺は半生総決算の書を執筆する機会を手に入れることとなる。

こうして完成した千葉ルー片手に俺は社会へ打って出ていくわけだが、以前とは比べ物にならないくらい多くの人と会ったよ。前は親と図書館の司書さんくらいしかリアル世界で会ったり話したりする人間はいなかったが、仕事関係の人に、読者の方々に、趣味関連のイベントで出会った人にとヤバいくらい沢山だ。

こうやってネットだけでなくリアルにおいても人との繋がりをどんどん得ていくと面白いことが起こった。

リアルの世界の人には肉体がある。当然だろうと思うかもしんないが、ネットに入り浸りそういう感覚が希薄だった俺にはこれが「発見」だった。そして精神だけじゃなく、肉体も持ってる人の波に揉まれながら、俺は相対化されていったんだ。

日本国籍を保持しているので「日本人」？

クローン病という消化器官の難病を持っているゆえ「障害者」？

つまり相対化ってこういうことだ。俺自身の意識ってやつが徐々に外へと向いていった末に俺は「俺」じゃあなくて、さっき書いたようなより一般的な概念を主語にして、つまりは主語をクソデカくしたうえで社会にまつわる様々なことを考えるようになったんだ
……

そのなかで最も考えていたのが性についてだった。

まずなんだが、俺のなかで、諸学問に関してこんなイメージがある。

自然科学や数学はチェスで、社会科学はチェスボクシング、じゃあ人文学はボクシング……かといえば、それを通り越して総合格闘技、いや、もはやルール無用のバーリトゥードじゃないか。何でもありで方法論に正解がない、というか何もかもが間違っている。こうやって間違いの精度を競いあうような人文学は最も不毛で、最も面白いって俺は思って

る。

で、そんな人文学を象徴するのが批評っていう営みなんだ。

批評は多かれ少なかれ全てが誤読で、その誤読にいかにマシな説得力を持たせるかという誤読の芸術だと思うんだよ。

そしてそれを最も意識的に実践してると俺に思えるのが、クィア理論なんだ。

クィア、つまり性的少数者の視点から芸術作品や社会を批評していくこの学問からは、規範というものに抗して、全てを積極的に誤読してやろうという力強い気概を感じる。その堂々たる奇の衒《てら》いっぷりは、読んでて興奮を覚えるよ。

それで日々、クィア理論関連の本やクィア当事者の言葉を読んだりしていたが、ここでもまた相対化が起こるわけだね。

自分は「男性」で、女性を愛する「異性愛者／ヘテロセクシャル」で、社会によって押しつけられた性に違和感がない「シスジェンダー」で……

そしてこういうことについてより考え始めたのは、日本のインターネット界隈のおけるトランス差別が激化を遂げているからでもあった。トランス当事者の性自認を無視し、彼らを間違った性で扱う、いわゆるミスジェンダリングを行うという形で差別が繰り広げられている。そしてその憎悪の源の一つは男性、というか俺も属する「多数派男性」に対する憎悪なんだ。男性への憎悪こそが、例えばトランス女性を「生物学的男性」として扱う差別に繫がっている。ここにおいては特に「男性であるとは？」について考えざるを得なくなるよな。

で、性差別や男性の生きづらさをジェンダーって面から探っていくいわゆる男性学ってのがあって、その研究者もこれを自覚したうえで活動を行っている。だが俺にはそこに幾つかの不満があった。

まず彼らは「男性であること＝悪」というかなり後ろ向き、もっと言えば自罰的な論を組み立てている。性差別を批判したり内省するにあたって、男性は本質的に悪であると見なしすぎて、必要以上に自尊心や自己肯定感を削っているように思えるんだ。

さらに彼らは「タナトス」とか「ホモソーシャル」とか「新自由主義」だとか、一般にはあまり通じない批評用語を使いすぎて、文章が過剰なまでに複雑になってしまっている。そしてこの勢いで男性論を通じた社会批評まで始めるもんで、話は複雑かつ壮大になっていく。こうなると地に足ついてないというか、自分の身に迫ってこないんだよ。

この技法は重要っちゃ重要なんだよ。これらはつまり自己批判とその言語化なわけで、物事への考えを深めるには必要不可欠なんだ。実際、俺だってこの本でこれらをある程度実践してる。

だが何事もやりすぎは自分を追い詰める。薬も使いすぎると毒になるわけでね。論者もそういうことには気づいているわけで、「これではいけない、自分を愛せるようになろう！」と言う人物もいる。だが批評用語自体は捨てられず文章は複雑なままだったりする。男性って存在を迷宮化して、その迷宮に自分を迷わせるマッチポンプが繰り広げられるなんてよくある。

こういう風に「男性」とか「男性として生きる」について語ろうとすると無駄に複雑になり、そうなると生きづらさばっか先立っていって、そうして重苦しくなってくんだよ。だから読んでるだけで、まるで十字架を背負うキリストの受難を勝手に追体験させられるような気分になる。その果てには全「男性」の罪を背負うための殉教体験が待っているわけね。

男性学本を読んでる時のどん詰まり感ってこんな感じだ。

そして男性学本で語られている「男性の生きづらさ」は主に性愛的な面での女性との関係性に関するものがかなり多くて、違和感がある。まるで女性を通じてしか「男性の生きづらさ」もっと言えば「男性」そのものについて語れないといった風に感じる時もあって、これも物足りなかったんだよ。

まあ実際、今の男性学を担う論者は俺と十歳以上離れていて、世代が違う。そりゃ考えが違ってくるのも当然で、批判するというのは不当だと思う。とはいえ、不満は感じざるを得なかった。もっと別の道はないのかってね。

そんななかで出会った本が周司あきらの『トランス男性によるトランスジェンダー男性学』（大月書店）だった。


本を読んで、考え、執筆する日々。こんな作業が不要であればいいのにと願いながらも、まだ私は情報を必要としていました。それくらい孤独でした。私と同じようなトランス男性はいったいどこにいるのでしょうか。

そんな書き出しで始まるこの本はトランス男性である著者が、自身の経験を基にトランスジェンダーについて説明するとともに「男性であるとは?」についての思考を深めていく本なんだ。

俺は読みながら静かな衝撃を覚えたよ。ここには自罰的な男性学に対する疑問が綴られており、もっと前向きな男性学を作れないかへの思考に溢れていたからだ。

そしてこの本の後も、彼は「男性として生きることの喜びや楽しさを語れないか?」と積極的に活動を続けて、次作の『埋没した世界　トランスジェンダーふたりの往復書簡』(五月あかりと共著、明石書店)でこう端的に語ってる。

これから切実に考えなければならない気がするのは、「いかに良い男性になるのか」というテーマなのです。Toxic Masculinity(有害な/有毒な男性性)とよく批判されますけれども、早くそこに囚われている段階を脱して、もう少し「男性」を豊かにできないものかと。

俺としてもこれに深い共感をも覚えたんだよ。自分にも「男性として生きることがそんなに苦痛か？」という気持ちがあった。男性ってのは本当に、本質的に悪で、生きてるだけで他人を傷つけて、挙句の果てには自身の人生も苦しみに満ちているのか？って俺は正直疑問だった。

それは引きこもるなかでクィア理論はもちろんだが、クィア当事者が作りあげた小説や映画に触れ、性の多様性を知るなかで、男であることに関して、前向きと言えるか分からないが、少なくとも後ろ向きではない気持ちを覚えるようになっていたからだ。

これに関して「引きこもってて『男らしさ』を押しつけられる経験なんかなかったから、そう言えるんだろ」と思う読者もいるかもしれない。

それはその通りかもしれない。だが男性性について、その視点だからこそ語れるものだってあるんじゃないかと俺は思ってる。そんな俺だからこそ書けるものがあるんじゃないかと。

こうして俺には二つの目標ができた。

まず一つ目が千葉ルーへの大反響のなかで始まった「脱引きこもり」ってやつ。

二つ目が、周司さんの言葉を引き受けながら新たなる男性像、もっと言えば多数派男性像を自分なりに作りあげていくってこと。これを理論構築とその実践、両方ともやることで、何よりも自分自身を変えていきたいわけだよ。

そしてこの二つの交錯地点に爆誕したものこそが「脱引きこもり男性学」なんだ。

とはいえ、まだ名前が融合しただけで、中身は当然すっからかんだ。

俺はこの本を粘り腰で書いていくことで、この概念に意味を注ぎこみ、最後には読者のみんなに胸を張ってドンとお出しできるようなものを作りあげていきたいのさ。

ということで早速「脱引きこもり男性学」ってやつを始めていこう！……


……

…………


……………こう威勢よく宣言かましながらも、実際、本の執筆ってのは長い過程だ。そのなかで自身も想像のつかなかった場所へ、書き手が導かれていく時がある。

この序文を書いてから数ヶ月、「エッセイスト」という職業がもたらす忙《せわ》しなさに翻弄されるがままだった。未公開映画を観たり、ルーマニア語に触れたりする時間が明らかに少なくなり、「生活の洗礼」ってやつを喰らわされるがままになってた。

そんな激動のなかで俺は、俺自身がちょっと自分を見失い始めているのに気づいちまった。そうして、どうしても立ち止まってしまうって瞬間があってさ、そこでふと思ってしまったんだよ――昔の俺と今の俺って本当に同一人物なのか？

千葉ルーが生んだ変化は俺に、確かに喜びをもたらしてくれた。だがそれは、いつだって悲しみ、そして寂しさと表裏一体なんだ。今、俺はその寂しさのなかで、昔の自分と別れようとしているのかもしれない。

これが……もしかして「大人になる」ってことか？

千葉ルーは、まるで炸裂する打上げ花火のような勢いを宿していた。この本もまた、その勢いを受け継ぎながら書き始めた。だが俺は今、この本のなかに線香花火が見える。小さな輝きを、儚《はかな》く散らす線香花火の侘しさが見える……

この「大人になる」ってことの侘しさは、しかしこの本から目標を失わせるんじゃなく、もう一つの目標を宿してくれた。

第三の目標、それは正面切って「エッセイを書く」ってのをやってやるということだった。がむしゃらに本を書いて、いつの間に「エッセイスト」になった俺は「エッセイ」ってそもそも何だ？というのを問わないままだった。だから今、俺は「エッセイスト」として「エッセイ」とは何かを問う必要があると思えた。そしてそれは、そもそも「生活」って何なんだよ？という目を背けてきた問いをも、自然と内包していった。

こういう目標の数々、そして変化の喜びと寂しさ。

それが全部ないまぜになった「脱引きこもり男性学」は、その果てに今『クソッタレな俺をマシにするための生活革命』という本として結実した。

いや……色々あった。この一年、本当に色々あったよ。

大いに迷い、大いに戸惑い、しかし何より大いに楽しんだ。

だからこそみんなにその結実、読んでほしいんだ。

［この本の構成］

この本は「脱引きこもり男性学」理論編と実践編という二部構成になってる。理論なんで一部は内容がちょっと固め、読みやすさで言えば二部の方がノリノリだ。

俺としちゃ一部→二部の流れで読んでもらうのが理想っちゃ理想だが、読み方は読者に開かれてる。一部すっ飛ばして二部読むもよし、二部読んでる途中で一部に戻ってまた二部なんてのもよし。それぞれ読みたいように読んでくれりゃ、それでオーケー。

ということで自分だけの読み方を、アンタの手でぜひ見つけてくれ！

目次

実践編

理論編

俺は俺で考え続けてきた

フェミニズムとの邂逅

主婦向け週刊誌、深夜エロ番組、Twitter

男であるってのは一体何なんだ？

実を言うなら、これについて小さな頃はあまり考えたことがなかったんだよ。

確かに「男なんだから泣くな」と親に言われるだとか、運動神経がなさすぎて体育の授業が無間地獄に思えたただとか、そういうことは人並みにあった。

だがさ、これらがいわゆる「男らしさの欠如」に紐づけられて苦しんだという記憶はそこまでないんだよ。

俺自身がだいぶ運が良かったゆえというのもあるし、今三十歳である俺の世代自体がそういう圧力の少ない状況を生きられていたゆえもあるのかもしれない。

とはいえ、それはあまり良い理由でじゃあない。

運動が下手くそすぎて、醜態を曝す。

女子に喧嘩でボコられて、遊具を奪われる。

痛かったり悲しかったりしたら、速攻で泣きだす。

こういう時に俺は「自分は男らしくない」と思う前に「俺は何てクソなんだ」と強烈な自己嫌悪に陥っていたんだ。周りのやつも俺を「男らしくない」とバカにしていたかもしれないが、それが目にも耳にも入らないほど自己否定に打ちひしがれていた。

子供の頃はこの傾向が特に酷くて、今でも自己肯定力の欠如として尾を引いているわけだが、結果的にそのおかげで「男らしさの欠如」に悩む暇がなかった。ある意味では、そのレベルに至らなかったとすら言えるかもしれない。

運が良かったのか悪かったのか分かんないな、こりゃ。

まあ、そんなこんなで、自分が男であると殊更に自覚したり「男性とは？」と意識的に考えるようになったのはかなり後のこと、正確に言うなら本格的にフェミニズムを学び始めてからということになる。

だからこの問いであるとか、ひいては男性学そのものを考えるには俺とフェミニズムの関わり合いについて、まずもって話す必要があるわけだ。

フェミニズム、なかなか少なくない日本人男性がフェミニズムってやつを学ぶのを躊躇したり拒否したりすると聞く。実際、周りにそういう人物も何人かいたりする。

だが振り返るんなら、俺はそこに躊躇《ためら》いをあまり抱かなかったような気がする。それは子供の頃から、女性が作った女性向けのコンテンツに、自然と多く触れられていたからかもしれないんだよ。

よく少女漫画を昔から読んでた男性陣は、フェミニズムを学ぶことに関し比較的躊躇いがないってのは時々聞く。俺自身、確かに母親が買ってくる漫画雑誌『BE・LOVE』を読んでた覚えがあるんだよな。多分十代に差し掛かった頃だね、少なくとも二〇〇八年以前。こう言えるのは何故かって、あの『ちはやふる』の連載開始が二〇〇八年で、この漫画を読んだ覚えがないからだ。

これについて思い出そうとすると、頭のなかに『生徒諸君!』のペッカペカした主人公の顔の描かれた表紙が不思議と浮かんでくるんだよ。俺にとっての『BE・LOVE』はやっぱこの漫画だね。

だがもっとドデカい影響を受けたのは『女性自身』と『週刊女性』からだった。

俺が物心ついた時から、母親はこの二冊を毎週買っていて、彼女が読んでない方の雑誌を俺が読んだりすることがあった。

いや、というか実は今でも読んでる。だから考えてみれば二十年以上の付き合いがあるんだな。

そこでは電気代節約の裏技、時代をときめくイケメンへのインタビュー、職場での様々な女性差別、更年期障害への対処法、赤裸々な性生活などなど多岐にわたる内容について語られていた。

ここから俺は自然と、母親くらいの年齢層高めの女性の視点や考え、そして彼女たちが直面する困難を知っていったんだった。そしてそれは今でもそうだ。むしろ今だからこそ、ここに書かれている、部屋の壁を使った腰痛軽減ストレッチの切実さが身に染みて分かるようになった。年取るってのはマジに辛いことだね。

さらにまだまだ母親からの影響は続く。

今でも住んでる実家、その畳の間にはなかなかにデカい本棚がある。ガラスの引戸がついた厳粛そうなやつよ。

そこにマジに色々な本が詰めこんであるんだ。

例えばニーチェの『ツァラトゥストラはかく語りき』とか、表紙が色褪せた桐野夏生の『グロテスク』、さらに俺が子供の頃かなりキツかったアトピー性皮膚炎についての本から『帰ってきたウルトラマン』と『ウルトラマンA《エース》』の怪獣紹介本まで、やたらめったら本がブチこんである。

俺が普段『有吉の壁』とかYouTubeの「バキ童チャンネル」を観ながら読んでる『岩波国語辞典』第三版と『新明解古語辞典』第二版は、こっからサルベージしてきた辞書なんだよ。

だけど特にもう大量に溢れかえっていたのが、母親が古本屋から買ってきたホラーやスリラーテーマの文庫小説だった。子供って好奇心旺盛だから、本にしろ映画のソフトにしろ家にあるとむやみやたらに触れちゃうもんだろうけども、ガキの俺にとって好奇心の対象はこれだった。

雫井脩介、折原一、歌野晶午、吉村達也……こうして読んだ作家は数多いが、中でも印象に残っているのは、新津きよみって小説家の作品だった。

それらは女性を主人公として、生々しくのたうちまわる彼女たちの心情を描きだす心理スリラーが多かった。まずその筋立てが面白いのはもちろんだが、登場人物の年齢層が『女性自身』と『週刊女性』の読者層でもあっただろうし、彼女たちの裏側を目の当たりにするようでもあった。

土のうえに転がってる石を何気なくひっくり返してみたら、ヤバい何かが蠢《うごめ》いているのを目撃してしまったってそんな妙な心地になり、物語から目が離せなくなったんだよな。

漫画やラノベを経た後、あの文学というやつへと本格的にのめりこむきっかけは中高で読んだ夏目漱石や谷崎潤一郎だけども、二つの間で橋渡しをしてくれた存在は振り返れば彼女の作品だった気がする。

これらに触れることができたのは、間違いなく母親のおかげだ。だからフェミニズムに触れるのに躊躇わなかったのは母親のおかげとも言うべきだろう。

引きこもり経験者で親に素直に感謝できるやつはマジにほぼゼロな気がするが、俺も今までは正にそんな感じで、人生において親から影響を受けたことはないと躍起になって否定してきていた。

しかしこうして人生を今再び振り返るなかで、それは素直じゃあないなと気づいたんだよ。俺としてもこの屈折にある程度の決着をつけて、今は前に進みたい。

だからこの場を借りて、母親に慎んで感謝を捧げる。ありがとう。


しかしもう一つだけ、フェミニズムとの邂逅の前に語るべきものがある。

特に俺と同世代の方々、十数年前にテレビ東京の深夜に放送していた『極嬢ヂカラPremium』ってバラエティ番組を覚えているだろうか？

この当時、高校生だった俺はエロに飢え、思春期に荒れ狂うリビドーってやつに背中を焼かれているような気分だった。そこで日々、自分にエロを提供してくれる深夜番組はないかと目を皿にして新聞のテレビ欄を見ていた。

例えば『特命係長 只野仁』とか『給与明細』とか、そういうエロ番組をこそこそ観たり、隠れて録画していたりしたのを今でも思い出せるよ。

そこで見つけたのがこの『極嬢ヂカラ Premium』だったわけよ。

紹介文のなかで「女」をわざわざ「オンナ」とカタカナで表現するこの番組に対し、俺の下心は１０００％SPARKING状態だった。

そうして思春期の目ざとさを以て番組を発見したうえで、その初回から観たわけなんだけども、その内容に衝撃を覚えた。何でってこれが、女性のアンダーヘアのケアについてだったからね。

ブラジリアンワックスで女性の陰毛がベリベリ剝がされる光景が普通に映るんだよ。いやもちろん局部が映しだされるというのはない。だが施術されている女性の反応は映しだされていて、彼女は喘ぎ声どころか悲鳴の嵐を全身からブチ撒けていたもんで、それを見ながら俺はただ呆然としていた。

さらにはわざわざ海外ロケにまで行き、ヘアケア最前線を取材したりしていた。

そこで一人のエステティシャンが現れて取材スタッフに話しかけるんだけど、その言葉が「男だってクマみたいなヘアじゃモテないわよ！」みたいな、いわゆるオカマ口調で吹替えられていたのを妙に鮮やかに覚えている。今思えばこの吹替はステレオタイプ再生産なんであまり良くないが、それでも当時の俺は全く未知の世界を見せられて衝撃だった。こうやって本に書きたくなるくらい、鮮烈に覚えてんだよ。

この文章を書くために番組について検索していたら、Wikipedia に内容紹介が載ってたからちょっと引用させてもらう。

世界最新避妊事情！　女のカラダを守るピルとは？
２０１０年婦人科検診を受けて自分のカラダを守ろう！
極嬢「生理ヂカラ」

こういう感じの内容をやっていたらしい。今だと少しずつフェミニズムやリプロダクティブ・ヘルスについて扱う地上波の番組も出てきてはいるが、当時の日本の番組としてはかなり先進的な内容だったんじゃないだろうか。

実際に俺がこれらの回を視聴したかはハッキリと覚えていないんだけども、こういうのを思春期の多感な時期に見ていると、まず間違いなく影響は受けるよな。

何だかんだ言って、やっぱりテレビの力は侮れない。

『ＢＥ・ＬＯＶＥ』、『女性自身』と『週刊女性』、新津きよみ作品に『極嬢ヂカラPremium』とこういった女性向けのコンテンツに小さな頃から触れられたのは本当に幸運なことだったと思うんだよ。

俺にとっては、この延長線上にフェミニズムがあるわけである。

フェミニズムに本格的に触れ始めたのは大学時代からだったんだ。

大学時代は、人生の暗黒期だった。受験失敗、東日本大震災でノイローゼ、大学での大失恋というホップ・ステップ・ジャンプで鬱の奈落へと落っこちていく俺だったが、それでもかろうじて人との繋がりを保てたのはTwitterのおかげだった。

最初は映画の感想を誰にともなく呟くだけだったけども、少しずつ面白い感想を呟く人をフォローしたり、逆に俺自身がフォローされたりするなかで、現実世界では誰とも交流がなくなっていくなか、ネットでのちょっとした交流は逆に多くなっていった。

コミュニケーション能力の低い俺でも、ここでは誰かに喋りかけたり、喋りかけられて反応することができたんだ。対面のように瞬間的に反応する必要がないし、打てるのは百四十字だけという制限があって言葉も短くて済んだからね。

こうなると唯一と言っていい居場所であるTwitterに、俺はハマりこむわけだね。コイツは正にTwitter中毒というやつだ。実際今ですら暇さえありゃここを眺めてるわけだが、それはこの時代から始まってる。

そして映画好きには、音楽や読書が好きな人々に比べて、社会問題に関心のある人々が多いように思うんだが、俺がフォローしていた人にも特に性差別に関心のあるフェミニストが何人もいたんだよ。そういった人々が映画の感想を呟く合間に、性差別に関することを呟いたりRTをしたりするのを自然と見ることになるわけだ。

家父長制的な社会でいかに女性は日常的に差別されているのか、経済という面において女性はいかに苦しい立場に追いやられているのか、芸術界においても女性というだけでいかに劣った扱いを受けざるを得ないのか……

Twitterは様々な知の宝庫だ。何事にも影響を受けやすい俺はこの場所で他にも様々なことを知った。だがなかでも一番「今までそんなこと全然知らずに生きてきたのか！」と思わされたのがこういった性差別にまつわる事柄だった。

そうして性差別の根深さを知っていく最中、それを是正しようとする思想であるフェミニズムに関心を持つようになった。

そしてここにおいて重要な存在が小説家の王谷晶さんだった。

Twitterを始めたのはかれこれ十二年前なんだけども、その初期も初期から映画についての発言が突出して面白くてフォローしてた。ルーマニア含めヨーロッパ映画びいきの俺にとって、香港映画などアジア映画についての彼女の言葉はまだ見ぬ領域への道標ともなってくれた。

それと同時に彼女はプロフィールにある通り「レズビアンでフェミニスト」として、女性差別や同性愛差別に関して積極的に発言していき、かつ他のフェミニストと連帯して彼らの呟きをRTしていくというのを常に実践していた。

これを毎日目の当たりにするなかで、フェミニズムに対する俺の理解は少しずつ深まっていき、図書館ではフェミニズム関連の本はもちろんだが、クィア理論に関する本にも手が伸びるようになっていった。

反経験主義としての頭でっかち主義

時々、俺は何で自分が弱者男性論にのめり込まなかったのかと思うんだ。Twitterを始めた頃にそういう言葉があったかは知らんけど、昔から非モテ関連の議論はネットの華だったわけで。俺自身、大学時代含めて十代の頃はその震源地である5ちゃんねる、いや2ちゃんねるにハマってたしね。

そして恋愛ってやつにはほとほと縁がなかった。中高で浮ついた話は一切なし。さらには大学一年でこっぴどい失恋までやらかし、これをきっかけに女性憎悪をこじらせてそっちに傾く可能性はデカかったはずだ。俺に女性をあてがえ！とか叫んでてもおかしくなかった。

だけど振り返るなら、そういう憎悪が正に今そこにある危機だったからこそ、俺の目にはTwitter上の王谷さんたちの言葉がいっそう印象に残ったのかもしれない。フェミニズムはギリギリのところで、俺を憎悪の海から救いだしてくれたんだ。

それからもう一つ重要なのは、中高時代から一貫していた「逆張り精神」だ。周りのやつが読んでない文学読む俺カッケえ、周りのやつが観てない映画観る俺カッケえ……

ここにおいてはだ、ネット上の男性陣は当事者として非モテ論もしくは弱者男性論に共感する人が多いというか、少なくともフェミニズムはかなり忌避していた。それこそかなり嫌悪を抱いている人が割に多かった。

これに対して、俺の逆張り精神が起動したわけだね。

今においちゃフェミニズム学んでる方がカッケえんじゃないかと。

だからこそフェミニズムの情報が自然と入ってくるように、俺はTwitterのタイムラインを構築していったんだ。

これは今の言葉でいうと「エコーチェンバー」を作ってるようなものだったと思う。この言葉だったり「エコーチェンバー効果」っていうのは、自分と似た意見を持つ人がいる空間に引きこもり、交流と共感を経て自分の思想を強化するみたいな悪い意味を持つ言葉として使われている。

だけどさ、この元々の意味は音響の実験を行うために使われる「残響室」ってことを皆さんは知ってるだろうか。ここでは日々、音に関する実験が行われ、新しい技術が培われていく。多分あの時期の俺はこの残響室、フェミニズムが反響しまくるTwitter印の残響室を建築士のように築きあげ、そしてここに引きこもることによって音響技師のように知を育んでいっていたんだ。

世間では、何事も実際に経験しないと身につかないなんていう経験主義的な価値観が蔓延《はびこ》っている。だけど俺はこういう風潮に背を向けて、ネットで見聞きしたことによってこそ己を練りに練りあげていったんだ。

思えばこっから、俺の頭でっかち主義が幕を開けたんだ。

引きこもって頭でっかちに知識を得ることだけでこそ、やれることもあるとブチかましてやるためにね。

そして俺はこれで得た知識を使い、ネットでの「実践」を始めた。

就活大失敗を経て大学を卒業して無職になっちゃった後、映画批評というか映画の紹介記事を書くようになった。特に日本未公開映画を積極的に紹介していたんだが、そこで意識していたのは女性監督による作品を積極的に紹介していこうってことだった。

映画産業の差別的な構造のせいで、女性監督の数自体が少なく、必然的に日本で公開される女性監督の作品もだいぶ少なくなってしまう。この結果、女性監督への注目すらも小さくなるわけで、意識的に「女性監督の作品」を探さなきゃ、そういう映画が観らんない状況にあった。それでいて、一般人より知識があって「女性監督の作品」を見つけやすいはずの映画批評家は、既得権益におんぶにだっこで探す努力もしねえんだからね。

だからこそ俺は意識的に女性監督の映画を紹介していこうと思ったんだった。英語は一通りできたし、日本未公開映画をいかに観ればいいかのノウハウも役に立った。そうして紹介できたのはレズビアンを公言するカナダの映画作家、イスラエルにおける徴兵制度に批判の目を向けるコメディ作家、バイセクシャルであることの悲しみや喜びを描き続けるイラン系アメリカ人作家などなど。

こうして俺は理想的な形でフェミニズムと出会い、フェミニズムにおいて目標とすべき先人をTwitterで見つけ、自分でもこれを実践することができた。ここまでの道筋は悪くなかったんだよ。

だがこっから雲行きが怪しくなりだす。

フェミニズムにおけるトランス差別の台頭が始まるわけだよ。

あやうし！ TERFに染まりかける

「俺」という一人称や「だぜ」という語尾はマチズモの象徴、これを使ってる男は家父長制の使徒！

あるフェミニストがこういった発言をしているのをTwitterでいつだか見掛けたんだよ。過激な男性批判だったが、どんな領域においても逆張り精神をこじらせてた俺はその尖鋭っぷりにブチかまされた。

日常の語彙や言い回しのなかにこそ家父長制的な精神が根づいており、こういったものから脱却しなければ性差別は克服できない。

そんな根源に迫るような提言は俺にとってめっちゃ魅力的で、当時はだいぶ大きな影響を受けた。例えば「俺」って一人称は他者を傷つける悪しき男性性の象徴だと忌避し始め、最初はTwitterでキャラ立てのために使っていた「私」を日常的に使い始めた。

「だぜ」自体はあまり使ってなかったように思うが、少年漫画で「だぜ」などが使われているのを見ると、そういうのが巡りめぐって性差別を温存してるんだよなとか反感を覚えたりしたんだ。

こういう風にして俺は「善い」男性を目指すようになっていたわけだね。

だが振り返んなら、そういう極端なまでに強い言葉を使っていた人々は既にトランス差別の片鱗を見せていた。

「私たちはジェンダー解体を目指しているのに、トランス女性は女性の固定観念を強化する！　これだから『男』は」

そういう批判を先述のフェミニストが言うわけだ。

今思うととんでもないことだが、当時の俺は「確かにそうだわ！」と目から鱗《うろこ》な心地すら覚えてた。

他のフェミニストより過激なこと言っててすげえ！　そうだよな、穏健だったら何も変えられないもんな！　とかそんな感じだよ。

逆張り精神のせいで、俺は何というか、はしかにかかるみたいな形でこの過激な思想に傾倒していった。

そしてこういった思想を持つ人々が、主に韓国とイギリスから流入してきたトランス差別的フェミニズムと合流して、いわゆるＴＥＲＦ《ターフ》（トランス排除的ラディカルフェミニスト）化していくことになる。

俺自身もその初期においては、既成概念の転覆を図るような過激さに未だ感銘を受けまくっている状態だった。

だがここで俺を連れ戻してくれたのは、王谷さんだった。

彼女もまたトランス当事者への不安や恐怖を Twitter で吐露していたんだけども、その後に様々な人とトランス差別について対話するなかで、不安のなかに差別意識があったと反省し、それについての長文を公開していたんだ。差別や偏見を自分もまた持っていると自覚し、そのせいで為してしまった言動を謝罪したうえで、フェミニストとして差別と戦っていくことを約束する。指摘や批判を真摯に受けとめ自分の過ちを認めるというのは、そう多くの人ができることではない。

王谷さんのこの真摯な長文を読んで、自分がトランス差別的な過激な主張にかぶれ、マズい方向に進んでいたことを自覚した。そして王谷さんがそうしたようにトランス当事者やサポーターの言葉を読んでいくなかで、徐々に目が覚めていった。逆に言えば、あの長文を読まなかったら今もこういう差別的な思想を持っていてもおかしくない状況だった。この場を借りて王谷さんや声をあげてくれた皆さんにまた感謝したい。

ここで考えなくてはいけないことがある。

トランス差別激化の前から、フェミニズムを学ぶなかで気づき始めていたのは女性憎悪（ミソジニー）とは逆の、男性憎悪（ミサンドリー）を一部のフェミニスト女性が持っていることだった。

女性憎悪は言語道断ではあるが、正直この家父長制社会ってやつにおいて男性憎悪の方は抱かざるを得ないよなあと俺は思っていたわけだよ。

実際に家庭においても仕事場においても厳然として女性差別は存在しているし、外を出歩くだけで痴漢などに遭遇せざるを得ないんなら、それは男性を憎悪し始めてもしょうがないよなと。

こういう感じの考え方に触れているなかで「男性＝悪」という本質主義的な考えが俺のな

かで形を成していくことになる。後でもっと詳しく話すことになるけど、いわゆる「有害な男性性」という概念に俺がこだわりだし、日本語どころかルーマニア語でも「有害な男性性」を批判する小説を一時期書き続けていたのもこれが理由の一つにもなっていた。

だがこの男性憎悪ってやつを見ていると、やっぱ許容すべきではないのでは?という思いも抱き始めたんだよ。

例えば「クソオス」や「ジャップオス」みたいな感じでさ、相当強い言葉で男性を批判する人々がいた。女性がこういった罵詈雑言を日々言われているから、いわゆるミラーリングでやっていて、男性もこの気持ちを味わえってな意図もあったんだろう。

過激言説かぶれだった頃は、それすら先進的と思ってた。それにいかに男性、特に多数派男性による性差別や性犯罪が日常に根づいているかを考えると男性に対する明確な悪意も仕方ないとも思ったしね。

だがこれらには俺も含まれるわけで、その強烈な罵倒には不快感をやっぱり覚えた。

そうこうしてたらだよ、こういう罵倒語を使ってる人々がトランス差別を始めていった。TERFと呼ばれるフェミニストたちは、トランス女性はペニスを持っているから「身体男性」とミスジェンダリングし、自分たちは「身体女性」と見なし彼らと切り離した末に苛烈な差別を行っていく。さらにはこの凄まじい敵意はトランス男性やノンバイナリー当事者への攻撃性にも転じている。

この様を目撃するうち、こういう差別的な論理はあの罵倒語と繋がっていると思えた。つまりは男性性を本質的に悪と見なすことから導かれているんじゃないか？ということだ。

こうして辿りつくわけなんだよ。男性ってのは一体何なのか？って。


こうして「男とは？」という問いに辿りつくわけなんだけども、この問いの核にある概念こそが先にも出てきた「有害な男性性／男らしさ（Toxic masculinity）」だった。

俺はまずアメリカの映画批評においてこの概念に関する議論をよく見ていたんだ。

男性中心の社会において男性は生まれながらに権力や権威性を与えられており、これらによって女性たちや性的少数者を抑圧していくことになる。しかし男性たちもまた「男性は斯《か》くあれ！」など、権威性と表裏一体の理想に囚われていくことによって自らをも傷つけてしまう。この双方向的に害を及ぼしてしまう男性の在り方を「有害な男性性」と呼ぶ、みたいなね。

これについてを描きだすアメリカ映画が、二〇一〇年代から加速度的に増えた。

正確に言えばそういった主題の映画は昔からあったが、この「有害な男性性」という言葉がにわかに広く使われるようになり、これを意識的に主題として据えた映画がこのときから増えたんだった。

この傾向は一時期もはや流行と化し、一種のジャンル映画のように扱われるようになっていたが、二〇二二年に『パワー・オブ・ザ・ドッグ』がアカデミー監督賞を獲得した時には「有害な男性性」が賞レースにおいて都合のいい道具と化してるという揶揄すら出ていた。この概念が広く受け入れられていたことの証左でもあるだろう。日本でもかなり「有害な男性性」についてては議論されてたしね。

俺自身はいつから使っていたか。Twitterでは二〇一八年二月に『ビガイルド　欲望のめざめ』という作品についての呟きで使ったのが初めてで、二〇一九年以後からは映画批評においても使っているのを確認できた。さらには同年にルーマニア語作家としての活動を始めたのだが、その作品群の核にあったテーマは正に「有害な男性性」だった。

例えばとある気弱な青年が白人女性とセックスしたことを仲間に武勇伝として聞かせ、皆に日本男児と認められる。とある中年男性が勃起不全によって妻から見捨てられるという妄想を抱き、周囲の人間ごと自壊を遂げていく。

こういう内容を執拗にルーマニア語で書いていたら、そこに描かれる性と暴力が村上春樹と村上龍を彷彿とさせるみたいな印象をルーマニアの読者に抱かせて、評価されるようになっていった。不思議なもんだね。

そして男性学の担い手も「有害な男性性」を批判する論考や本を出版していくわけであるが、俺も最初はそこに共感を抱くなどもしていた。

なんだがその一方で、言い様のない違和感も抱き始めるんだよ。この概念、このまま無批判に使い続けてもいいのかって感じで。自分でもそういう小説書いている癖に他人の実践には違和感とか明らかにダブスタだ。もしくは根深い同族嫌悪か。どっちにしろ、徐々にその論旨に納得がいかなくなっていったのは確かだった。

これをキチンと言語化できるようになったのは、自分がトランス差別的な思想にハマりかけていたことに気づき内省を経るなか、ある論考を見つけた時だった。

俺が経済学を学ぶにあたって世話になってる経済学101というサイトに「意識高い系の起源に関する考察」(“Thoughts on the origins of wokeness”)という記事が掲載された。執筆者は経済や技術革新、日本文化にも造詣が深いノア・スミスという人物である。彼はここで、いわゆるWokeという概念、目が覚めるって意味のwakeの過去形から派生した、社会問題への感度の高さを意味するこのスラングがどういった背景から現れたかをアメリカの歴史を通して論じている。

そのなかで彼は差別とは、つまり敬意の再分配の問題であると語っている。性差別を例に挙げて説明すると、社会においては男性、もっと正確に言えばシスジェンダーでヘテロセクシャルの多数派男性に敬意が集中しすぎてしまっている。これが彼らの特権性や権威性へと繋がっているっていう。

逆に女性やクィア当事者には敬意が再分配されることがないから、軽蔑ひいては差別されてもよい扱いに貶《おとし》められてしまう。これを是正するために多数派男性の権威性を批判していくとともに、弱い立場に追いやられた人々の言葉を聞き、その待遇を改善していくことで、彼らにしかるべき敬意が向けられるようにしていかなければならないわけだね。

で、ここにおいて男性学の論者は女性差別であるとか家父長制を批判するにあたって、必要以上に自分が男性であることを卑下しているように思えたんだな。多数派男性は生きているだけで自分たち以外の存在を傷つける、本質的に悪な存在であると自己批判ばっかりして、どこか卑屈になってんだよ。こういうのを読んでいると、読んだ人が差別されている人に対して「同じ男性として謝罪します」とか言い出しかねない、そんな後ろ向きっぷりなんだ。

ゆえにノア・スミスの言う敬意の再分配ってやつをするにあたって、自分たちに向けられた塔のような高さのある敬意を頂上から削り取っていき、その分を少数派に与えることで、自分たちの敬意を均等にしようとしている。だがコイツは自己肯定感や自尊心を自ら削っていくような行為に他ならない。

こういったことをしていると必ず反発が起こる。リバウンドみたいなやつね。

自分たちにはまだ敬意が向けられていない！　そんなやつらのことよりもっと俺たちのことも尊重してくれ！

そしてこれが行きすぎて「弱者男性論」みたいなもんが生まれてしまったのかもしれないとかも、俺はちょっと思っている。

で、俺が問題だと思うのは、敬意ってやつはゼロサムゲームであり、少数派への敬意を増やすには多数派への敬意を減らしていく必要があるという考え方なんだ。

だけどマジで本当にやるべきなのは、敬意の総量それ自体を増やしていくことなんじゃないかと俺はどこかで思い始めていた。

自己肯定感とかを削りながら自分たちへの敬意を減らして反発を喰らうよりも、その作業を止めて、その労力を少数派への敬意を増やすことに費やしていくべきなんじゃないか。

そうやって少数派への敬意をより早く育ませることで、みんなが多数派男性と同等に尊重されるようにする方を目指すべきなんだと。

加えて自己肯定感を削るやり方が危ういのは、良心ある多数派男性に罪悪感を味わせてしまうことで「男性＝悪」っていう男性憎悪もしょうがないと見過ごさせてしまうことだ。そうして多数派男性がＴＥＲＦに連帯するって形でトランス差別に荷担することも起きてしまう。

だからこういう男性性の自己卑下からは脱却しなくちゃいけないと俺は感じている。

そういうことを考えているなかで、Twitter上である考察を見掛けた。

「有害な男性性」は“Toxic masculinity”という英語の翻訳であるが、ある人物がこれを「男性性中毒」と訳していたのだ。いわく「有害な男らしさ」という訳語だと「有害さ」が先行してしまい、そもそも「男性性」が本質的に有害であるかのように響いてしまう。しかし全てはあくまでも程度の問題であり、男性性や男らしさに関して中毒になるほど過剰になってしまうのが危険なのであって、男性性それ自体は悪いものではない。というかキチンと取り扱って、悪いものでないようにしていかないといけない。ゆえに「有害な男性性」ではなく「男性性中毒」と訳したと。

この考察を読んでハッとした。「有害な男性性」という言葉もしくは日本語訳は、この言葉に触れる男性たちにかなり無意識的な形で罪悪感を味わわせ、追い詰めてるんじゃあないのか。男性学を論じるにしても、こういった言葉を使うことによって自縄自縛の状況を他ならぬ自分で演出してしまってるんじゃあないのか。

言い回しってやつが意外なまでに重要だってのは、言葉を生業としている者として日々意識していることだ。俺の場合だと「日本人が書いている間違ったルーマニア語」を「日系ルーマニア語」と名付けることで、芸術の一形態としてルーマニアで受け入れてもらったりね。

それから、後にも言及する『21世紀の道徳』（晶文社）って本を書いたベンジャミン・クリッツァーって書き手は「ヘルジャパン」って言葉を批判している。これは日本の若い世代が、韓国で流行したっていう自国の散々な状況を揶揄する「ヘル朝鮮」って言葉を援用して、クソッタレな日本を揶揄するのに使ってる言葉だ。

俺自身、ぶっちゃけ日本が「地獄／ヘル」だと言いたくなる気持ちは分かるが、クリッツァーさんは何度も地獄地獄と言っているとその強すぎる言葉が無意識に刷りこまれ、本当に日本が地獄にしか思えなくなり自縄自縛に陥ってしまうと指摘している。この状況はかなり危ういと。

これと同じことが「有害な男性性」でも起こっているのではないかと俺は何かちょっと思うんだよ。この言葉だと「男性性／男らしさ」は解体にしろ克服にしろ根元的に治療する必要があるという印象を抱かされるが、何事においても根治というのは難しい。難しいがゆえに何度も失敗を繰り返した挙げ句、むしろ「有害な男性性」に囚われてしまう恐れがあるってわけだ。で、こういう「男らしさ／男性性」というのは自分のなかにもあるのはもちろんだが、それと同時に他人の視線のなかにあるもので、これを根絶できるとは考えにくい。

社会に作用していく形で「男らしさ／男性性」の解体や克服を目指すことも重要で、やっていくべきだと思う。

だけども、それと並行して「男らしさ／男性性」も中毒にならないくらいはあってもいいのではないか？　というか少しはあらざるを得ないのではないか？と自身の考え方を組み換えていき、これらの概念と距離を取ったうえで付き合い方を考えていくのもやっていっていいんじゃないか。

その意味で「男性性中毒」という訳語は「男らしさ／男性性」の否定ではなく、中毒にならない程度ならば別に自分のなかに存在していても構わないという感覚をもたらしてくれる。何事も本質的に悪であると考えてしまうとそれが自罰思考にも似た加害者意識と、翻っての被害者意識をも生み出してしまう。

もちろん、だからといって全面的にこういう風に言い回しを変えるべきとは言わない。そういう強硬姿勢を取るなら、先の「俺という一人称は家父長制の象徴！」みたいな言説と何ら変わらなくなるからね。

だがやはり、言い回しってのは重要だとは思うよ。人間の意識や思考を最も規定するのは、やっぱ言葉なんだよな。

「男とは？」って問いに戻ろうか。

昔なら俺は「男とは本質的に悪である存在」と答えていたかもしれない。

今もちょっとだけそう答えたくなる気分でもある。

だがトランス差別や男性学の自罰傾向を見るうち、これじゃあ袋小路に入ってしまうと思うようになった。

なら男ってのはどんな存在であればいいんだろうか？

トランス男性の声を読む

男として生きる喜びがあったっていい

この問いについて考えるにあたり、最も重要な存在になってくれたのが周司あきらさんの『トランス男性によるトランスジェンダー男性学』だった。

コイツは題名通り、トランス男性である周司さんが自身を含めた当事者の言葉をもとにしながら、トランス男性について語っていくっていう本なんだ。明晰な言葉と平易な説明によって「この世界でトランス男性として生きること」について解説してくれるわけで重要な本だよ。

例えば第一章ではそもそもの「トランス男性とは」っていう問いを核として「トランスジェンダーの用語」や「トランス男性の治療」に、それから「トランス男性が社会的に男性化するときのステップ」など、トランス男性について基礎の基礎からマジに地道に説明してくれる。非当事者にとっては死角とならざるを得ない場所をここまで懇切丁寧に紹介してくれるってのが本当に有り難い。

で、これに並行して、周司さんは男性学についても語っていくんだよ。

これも基礎から説明してくれるんだが、俺にとって印象的な部分はこういうところだった。

日本の男性学やメンズリブの特徴として「俯瞰して『男性特権』を自覚し、男性である自身を責めるような風潮もあり、そのように強固な加害者としての自責意識をもつ」という点を挙げている。さらにその語りはいわゆるシスヘテロ男性が中心であり、トランス男性を含めた多様な男性が無視されているんだと。

先にも書いてきたが、俺自身、こういう自罰的でかつ排他的な男性学ってやつにはかなりのモヤモヤを抱えてきていたもんで、それをハッキリと記しているこの本を読みながら、他では味わったことのない共感を覚えた。

だがこの本は一回読んだだけじゃあ終わらない。

当時周司さんはブログで積極的に自身の考えを発信していたから、それとともに本を再読するたびにすげえ発見があった。

本のなかで彼は、男性学から派生して「個人の生きづらさや拗《こじ》らせている内面に焦点を当てて」いる（と周司さんが評する）弱者男性論にも、しかしトランス男性は含まれないと書き、そこに続くのは「トランス男性の場合――少なくとも私の場合――ですが、男性として存在することそのものに一定の喜びを感じている」って文章だった。

この喜びってやつ、『トランス男性によるトランスジェンダー男性学』ではそこまで深掘りされないが、刊行直後に書かれた自作解題的なブログ記事である「読後の『トランス男性によるトランスジェンダー男性学』」にはこんな言葉がある。

男性学、を男性としてあるがままの悦びを探求する、というようなハッピーな方向で語ることもできるだろう

（https://ichbleibemitdir.wixsite.com/trans/post/afterreading）

で、その周司さんが『エトセトラ』というフェミニズム雑誌のゲスト編集を担当していた。そしてその号の読者アンケートのテーマも「男として生きること、男扱いされることの喜びを考えてみる」だったんだよ。

彼の文章を読んでいると「加害性」や「自責」を超えて、こういう「喜び」という方向へ男性学を進めようとしているのが分かる。俺はとうとうこういう風に男性を語る人が現れたって嬉しくなったんだよ。

俺が既存の男性学にハマれなかったのは、俺自身が男性であることに関して、別に良いとは思っていないが、それでも別にそこまで良くないものでもないんじゃないんじゃないか？と思っていたからだ。

だが自責ばかりが蔓延る言論界において、これを表だって言うと「お前は分かってない」

とか「引きこもりだったから、男性の生きづらさを経験せずに済む環境にいられたんだろ。幸せだな」とか非難を受けそうで、何となくこれを隠してきていた。

だが男性であることに卑屈さのないまま、むしろ男性であることに楽しさや喜びを感じながら、それと同時に性差別と戦っていくってそういう生き方もできるというのを、周司さんの言葉を読んでやっとそう思えた。

俺はこの人にこそついていきたいと思ったんだ！

まぁ、悪くないという感覚

で、周司さんとこの本を深く理解しようとするのと並行して、自分は多数派男性、シスヘテロ男性であると、それがゆえの責任を持っていると自覚する実践的な経験もあった。

クィア理論に加えて、いわゆるクィア文学やクィア映画を観てると「当事者性」という言葉とよく出会うことになる。

ゲイ男性がゲイ男性についての物語を語る、トランス女性がトランス女性についての物語を語る……こういう他の誰か、特に多数派に属する人々でなく、自分たちで自分たちについて語るということの重要さを「当事者性」って言葉は示している。

この概念に対して「じゃあある人々に関して、その当事者しか書いちゃいけないのか？じゃあ宇宙人のことは宇宙人が書かなくちゃな！」みたいな極端な意見も出てくる。俺はこっちには行かなかった。俺が考えたのは「じゃあ性に関して俺が当事者として書けるものって何だろうか？」ってことだった。それは必然的に「シスジェンダー」で「異性愛者」についてになるわけだ。

こういう意識を持って俺はいくつかの作品を実際に書いていった。

好きな人の子供を持つとか結婚制度を利用するとか、多数派と同じようなことをするクィア当事者に対し「結局シスヘテロの真似事かよ」と嘲笑うシスヘテロ男性、トランス男性の男らしさへのこだわりを利用して「お前、男なんだろ？」という言葉を使って彼を搾取するというシスヘテロ男性……

こういうシスヘテロな存在、特に差別する側としての彼らを主人公とする物語を、俺自身が当事者として語っていった。

これをクィア文学に擬《なぞら》えて「シスヘテロ文学」と俺は呼称しているわけだが、こういう作品を書き続けるなかで、多数派男性としての自覚、そして差別の当事者としての責任を確固として意識するようになったんだ。

そしてこんな経緯を経たからこそ、性に関しては多数派であるという意識、言い換えればクィア文化においては周縁に置かれている、置かれるべき存在であるという意識もまた確固として存在している。
もちろんこういう性自認とか性指向は流動的で、将来変わる可能性なんか幾らでもある。それでも将来でなく今の俺にこそ真摯であるなら、俺はそういう存在なんだと言いたくなるんだ。

しかしこうなると自分は特権を持つ多数派男性に属している一方で、考えはクィア当事者寄りという狭間にある、そんな自覚をも抱き始めるんだ。
そういう状態にあると、この溝に橋を架けるにはどうすればいいかと考えだすことになる。

男性として生を受けたことが申し訳ない。

男性として生きるのは楽しい！

この二つの狭間にあってもいいものは一体何か？
これについて俺自身の実感を大事にしながら思考を重ねるうち、俺はいつしか「よりマシな男性像」ってやつを夢想するようになっていく。
この言い回しについて思いついたのはプラトンの著作を読んでいる時だ。哲人政治とかに思うところはあるが、善き生を目指す姿勢に関して俺は共感する。

それでいて俺は「善き生」よりも「よりマシな生」という言葉遣いをしたくなった。というのもこういった試みのなかで、最も善いところに辿りついたと思うとそこで試みを止めてしまうのでは？と思える。だがよりマシだと、最もマシに辿りついたとしてもあくまでマシでしかないので、その先を目指す姿勢を続けることが可能ではないか。

俺としてはこういう試みは死ぬまで続く終わりなき過程であるべきだとそう思うんだ。先の思索とこの考えが共鳴しあい自然と「よりマシな男性像」への夢想に繋がっていったわけよ。

そしてその末、ある時こんな表現を思いついた。

男性として生きるのも、まあ悪くないんじゃない？

腑抜けた響きかもしれねえ。だが俺としちゃ、あの二つの言葉の狭間にはこういう緩いもの、カッコよく言えば「中庸」なものがあっていいんじゃあないかと思うんだ。男性性とそれくらいの距離感で付き合えてもいいんじゃないかってね。

「シスヘテロ男性学」を、こっからやっていこう

さらにこの読書経験を通じて考えたことがもう一つある。

「人は女に生まれるのではない、女になるのだ」っていう、シモーヌ・ド・ボーヴォワールの言葉がある。

こいつは、ある人々が男性中心の社会によって「女性」に仕立てあげられてしまっていると、そういう後ろ向きの意味があると俺としても理解しているし、人々にも理解されていると思う。

これから言うことには違和感を抱くかもしれない。だが今、俺はこういうことを思っている。

俺を含め多数派男性が今やっていくべきなのは「男性＝人間」、もっと言えば「シスヘテロ男性＝人間」として見なされる社会において、人間の座から降りて自ら「男性」に、もっと言うなら「シスヘテロ男性」になっていくことなんじゃあないか？ってことなんだ。

ボーヴォワールの言葉に擬《なぞら》えりゃ「男になる」ってのを、むしろ自らの意思でやっていくってことだ。これが多数派男性であることの責任を引き受けるための一歩なんじゃないかって俺は思っているわけだよ。

ここにおいて、トランス男性はシスジェンダー中心の世界でこの「男性になる」を様々な形でやらざるを得なかった存在で、だからこそマジョリティ男性とは違う「よりマシな男性」になることをも目指しているってのが分かるんだ。

ゆえに俺は彼らを偉大な先輩として、学んでいかなくちゃあならないとそう思っている。

そしてもう一記事、周司さんは二〇二二年の二月に「性別適合後に『普遍論争』を拓き、引き裂かれる経験」っていうのを書いている。これは中世スコラ哲学における普遍論争を軸に、トランスジェンダーの体験を語っている記事だ。

彼の言葉に拠れば「『普遍はある！　例えば、〈人間〉や〈動物〉や〈犬〉という普遍は存在する』と主張するのが実在論（realism）、一方で『普遍などない！個別に、〈私〉や〈あなた〉や〈ポチ〉がいるだけだ』と主張するのが唯名論（nominalism）」であり、彼は性別移行前は「『私』にとっては『私』しかいない」唯名論者に近く、しかし性別移行後は「個別具体的な『私』であるより先に、『男性』という普遍の一人として、私は世界に浮上」していったそうだ。

それでいてその状況ゆえに「『男性』という『普遍』に私個人の存在は埋没しながら、ただし、決して『男性』であるだけではいられず、『私』という個別具体的なトランスジェンダーとして、ときおり浮上」するのだという。

こういった説明の後に、彼はこんな言葉で記事を締めくくる。

性別違和のある時期には「唯名論」を信じ、
埋没環境の整った時期には「実在論」に呑み込まれ、
そうはいってもどちらも並存するのが現状であるようです。
トランスジェンダーの経験には、「普遍」はないのでしょうか？
翻って、なぜシスジェンダーの経験には「普遍」があるかのように語られるのでしょう。

これを読みながら思ったのは、男性学ってやつは転換期に来ているのではないかということなんだよ。

男性学は「男らしさ」であるとか、それを取り巻く状況を研究するなかで、トランス男性といった多種多様な男性を排斥してしまっていた。それでいてこの学問は男性全てを包括するような普遍性があると、その名を以て喧伝してしまっていた。

おそらく、今こそこういう状況を変えていくべき時なんだろう。

今、より普遍的な、大文字としての男性学において最前に立つべき存在は周司さんのようなトランス男性など、今までここから排斥されてきた男性たちなんだ。そして俺を含めた多数派であるシスヘテロ男性はその後ろで支援する立ち回りをやっていくべきじゃあないか……

さらにだ、この動きと同時に、マシな多数派男性となるための探求を行う、多数派男性による特殊な「シスヘテロ男性学」ってものを作っていくって、それくらいの気概が必要なんじゃあないのか……いやまあ、これはちょっとデカく提言しすぎのような気がしないでもない。

それでも多数派男性が最前に立つとするなら大文字の男性学でなく、この「シスヘテロ男性学」みたいなものにおいてなんじゃないかって今はそう感じるんだよ。そしてどちらかだけをやるんじゃなくて、どちらもやるってのがまた重要になってくるんだろう。

実を言うと『トランス男性によるトランスジェンダー男性学』を初めて読んだのは、千葉ルーの初稿を完成させた正にその日だった。

このことは、俺の二冊目の主題を予告していたのかもしれないな。

そしてその二冊目の前に、周司さんはそれぞれ五月あかりさん、高井ゆと里さんとの共著で『埋没した世界　トランスジェンダーふたりの往復書簡』（明石書店）と『トランスジェンダー入門』（集英社）という二冊の本を出版した。

この性に対する深く真摯な二冊の後に、俺なりにそれを目指したこの本が続くことを心から光栄に思っている。

クィア文化を取り込む

人生サイテー時代、クィア映画と

こうして俺はもう一つの問いへと辿りついた。「男とは何か?」という問いがある種、己を含めて過去を振り返させるものなら、この新たなる問いは、自分は今後どう生きればいいのかをめぐる未来への問いだ。

もちろん途方に暮れちゃうよな、デカすぎる問いだ。

だが途方に暮れるなりにも少しずつ、本当に少しずつだけでも前へと進もうとするなら、ある三つの存在が、まるで闇夜に星座を作り旅人の導《しる》べとなってくれようとするかのごとく、俺の前に現れたんだ。

三つのなかのまず一つがクィア映画なんだ。

鬱に苦しんでいた暗黒の時代、俺はとにもかくにも映画ばっか観ていた。実家の子供部屋や日本という国に引きこもっているサイテーな事実から目を背けたくて、特に海外の映画を観まくっていた。

ここにおいてマジに重要だった場所がＭＵＢＩという映画配信サイトだったんだよ。日本では未公開の作品を大量に扱っていて、俺もどこまでも世話になった。ここで一番最初に観たのはセルビア映画だったなあ。その後にも俺にとって最愛のルーマニア映画はもちろん、インドネシア映画にモザンビーク映画にコソボ映画にと、本当に大量の日本未公開映画を観させてもらったもんだよ。

だが映画自体よりも貴重だったのは、同じく映画を観まくっている映画オタクとの出会いだ。そこには謎の裏ルートを使いレア映画を観て感想を書いていたり、旧ユーゴスラビア映画を大量に観てそのリストを作ってたり、コメント欄で延々永遠と批評について議論していたりする、俺以上の筋金入りなオタクたちがたくさんいた。

俺も彼らから様々な未知の映画を教えてもらいながら、映画のレビュー欄に感想を書いてたな。かと思えば、例えば『シン・ゴジラ』だとか、当時のシネフィル界隈で絶賛されていた"A Metamorfose dos Pássaros"ってポルトガル映画を酷評してコメント欄が荒れまくったり、色々なことがあったよ。実はここにルーマニア語で作品評を書くのも、俺なりのルーマニア語勉強法の一つだった。

だが、時代ってやつは否応なしに移り変わる。

このMUBIは配信映画の本数を増やし、配給事業も手掛けるようになって規模が拡大していくうち、従来のファンを置いてけぼりにするようになった。一年前くらいにはとうとうコメント欄も閉鎖されちまったよ。映画オタクたちとの会話や議論、さらにルーマニア語の感想を見て声をかけてくれたルーマニアの人々との交流、そのログも全部消えちゃったんだな。

MUBIの変遷を通じて、今は何か「ああ、昔は良かったなあ」とか言ってる人々の気持ちも少しだけ分かるようになっちゃったよ。いやなもんだね。

だが柄にもなく郷愁に浸るのもここまでにしよう。

このMUBIにはクィア当事者の映画オタクもいて、クィア映画であるとかその歴史であるとかも知っていった。俺を含めて当事者ではない映画オタクも、彼らが作ったクィア映画リストから作品を漁っていって、感想を記したり議論をしたりしていたのを見掛けたことも多い。

こうして俺は何作ものクィア映画と出会うことができた。ここでは感謝も込めていくつか紹介させてほしい。

まずRonald Chase（ロナルド・チェイス）ってアメリカ人作家の"Cathedral"という作品。これはクィア当事者による権利獲得運動の転換点っていうストーンウォールの反乱、その直後に作られた中でも最初期のゲイ映画らしい。

この実験的な短編映画は物語よりもイメージを優先した、映像詩って形容がふさわしい作品なんだよ。

男たちの体と体が折り重なっていく、太陽の光に彼らへ優しく降りそそぐ、そして彼らが互いに向ける慈愛がステンドグラスの虹色の輝きと重なりあう。

そういうイメージに満ちているこの映画はさ、愛しあう男性たちのしなやかな肉体と精神を祝福するような作品なんだよなあ。ボディ・ポジティブとかではないが、でも男性としてこれを観た後に自分の体の見方が変わるような感覚もあったりした。

それから中国出身であるLi Cheng（リ・チェン）監督がグアテマラで製作した"José"もいい映画だったね。これは同性愛者である青年が母や恋人との関係に悩みながら、誰かを愛することの意味を探し求めるって内容の映画だ。

彼はその苦悩のなかで、本当の自分を見つけるため旅へと出かける。目の前に広がる様々な光景を通じ「自分自身とは何か？」「愛とは何か？」って思索を、彼は重ねるんだ。

それに対して監督は明確な答えを出すことってことはない。

でもその曖昧さは逆説的に、抑圧的な状況のなかで誰かを真に愛することの瑞々《みずみず》しさを豊かに描いているんだ。こういうの観ていると、男性として誰かを愛することも言われてるほど悪くないって気分にさせられるよ。

「女性を愛する」こと

そしてクィア女性が主体の作品には、女性を愛することに誇りを持たせてくれるようなものが数多かった。

俺の映画ブログ「鉄腸野郎Z-SQUAD!!!!!」で紹介した最初の映画作家はカナダのChloé Robichaud（クロエ・ロビショー）という人物だった。彼女はレズビアンであることを公にしており、この視点から様々な作品を作っているんだよ。

で、特に印象に残ってるのは“Féminin/Féminin”というWebドラマだった。これがカナダ・モントリオールにおけるレズビアンたちのおしゃれ群像劇なんだよ。いい感じになった子と安定した関係を築けない女性、離婚したばかりで新しい恋を探していたら十歳以上年下の女性に惚れられるアイアン・メイデン好きの女性などなど、一話ごとに異なる主人公がそれぞれに愛を探し求める。

コメディありシリアスありと作風も多様で、女性を愛する女性たちの様々な性愛の形が軽やかにかつ誠実に描かれていてとても印象に残っている。

それから二〇二二年最も面白かったChristos Massalas（クリストス・マッサラス）監督の“Broadway”というギリシャ映画もマジに力強いクィア映画だった。

とある犯罪集団に属する女性二人が愛しあうなかで、よりよい未来のためにその強権的なリーダーに立ち向かうという物語だが、サスペンス映画として手に汗握る面白さがあるのはもちろん、クィア性という意味でもブチかまされるような力強さがある。

多数派男性中心の社会は性的少数者を自然と抑圧するようなものとなっている。だがこのシステムが恐ろしいのは、弱い立場に追いやられた彼らの間にもまた抑圧する者とされる者という構造を生みだしてしまうことだ。

二人のヒロインはその両方に対峙するわけだが、そこで興味深かったのは、ヒロインの一人が男女両方を愛するバイセクシャル、もう一人がトランスジェンダー女性かつ女性を愛するというトランス・レズビアンっていうところだ。

女性を愛する女性のなかでもさらなる周縁に置かれる存在が、今作においてはむしろ中心にいる。彼女たちが強権的暴君に対しても、家父長制に対しても中指突きたてながら、愛のため一世一代の勝負に打って出る様はマジにアツい。

そのアツいのにまた複雑な余韻に、いい映画観させてもらったって高揚感を存分に味わったよな。

前にも書いた通り、子供の頃に「男の子なんだから泣くな」とか言われたり、体育ができずにからかわれたりというのはあった。だが今、それがトラウマになり「男はつらいよ」とか言いたくなることはあまりない。

それから男性が女性を愛する時に、家父長制社会では自然とそこに権力勾配が存在してしまうゆえ、男性は女性を傷つけざるを得ない。それで傷つけるのが怖くて女性を愛せない……みたいなことも、あまり思わなくなっていってる。傷つけることは承知のうえで、キチンと対話しながらやっていこうとそう思えてんだ。

それは引きこもり時代にこうやってクィア映画を観まくることで、俺は「男性として生きる」とか「女性を愛する」のロールモデルを作ってきたからかもしれないと、今はそう思っている。

確かにこれらの映画に出てくる登場人物は「男性として生きて、女性を愛する」という俺の性自認や性指向に完全に重なるわけじゃあない。だが俺は自分から「この人たちこそロールモデルだ！」で勝手に慕うってことをやって、そして今は悪くない考え方ができるようになってると感じるんだ。

こんな感じで、性に関する苦悩を乗り越えて前に進んでいくための目標や活力を、クィア映画はもたらしてくれたんだよなあ。

アセクシュアルへの共鳴

そして一方で、もう一つ重要なことを俺はあるクィア理論から学ぶことになる。

男性学だったり、もっと広義の男性についての言葉や語りにおいて俺が共感できないのは、その語りが女性との恋愛というか性愛関係に重きを置きすぎているということだった。恋人、セックス相手、配偶者などの関係性において起こる問題が取りあげられすぎているというかね。関係性を築いた後にも、主に男性が女性を傷つけてしまうことへの苦悩だったりもかなり多い。そしてそれと裏表にあるだろう非モテ問題についての記述も溢れるほどだ。彼女がいなくて苦しい、孤独だ……なんてね。

こうして女性との性愛をめぐる記述をとめどなく読まされていると、俺の心が急速に離れていくのを感じる。驚くっていうか、怪訝に思ったりするんだよ。

みんな、そんなに自分の人生の中心には恋愛があるのか?と。

俺が思うのは、男性学本において男性は女性を通じてやっと姿を現すことのできる相対的な存在のように思えてしまう。逆に言えば横に女性を並べないと、曖昧模糊として確固たるものが見えてこない。

俺が男性学本を読んでいくなかで得た問題意識というのは、もう少し絶対的な、独立した形でこそ「男性」について語れないのか?ということだ。確かに性愛は重要な要素の一つであるとは分かるが、それは数あるものの一つでしかないわけよ。

だからこそ性愛を中心からずらし、他の重要な事柄を中心に据えたうえで「男性」ってやつを語っていきたいという思いが俺のなかに芽生え始めていたんだった。

そんななかで見つけた本こそが『ACE　アセクシュアルから見たセックスと社会のこと』(アンジェラ・チェン著、羽生有希訳、左右社)っていうアセクシュアルについての本だった。この社会では誰かに性的に惹かれ、恋愛をしたりセックスをしたりすることが人間にとって「普通」のこととして扱われているが、そうでない人々も当然いる。その中でもアセクシュアルという人々は「性的な惹かれを経験しない人」であり、彼らは度重なる誤解と差別を被っている。

この本には、著者自身を含めたアセクシュアル当事者たちの切実な言葉で溢れているんだよ。例えばある時、性的な惹かれを経験しないと友人に告白すると「マスターベーションしてみたら?」と勧められて苦笑するという体験談が語られる。これを通じて著者は、アセクシュアル当事者にもムラムラを感じる人はいるけどもそれは特定の相手に対してではないってことを説明してくれる。そしてこれを「性的惹かれは性欲動ではありません」と形容したりする。

特に多数派はさ、自分たちが当然に思っていることをわざわざ詳しく言語化しようとしない、というかする必要がないから、言葉を雑に扱いやすいってのはあるかもしれない。そんな中で多数派が雑に扱う、この本においては性愛についての言葉や概念を繊細に解きほぐしていき、地道な形で説明してくれるわけだ。

「強制的性愛」という概念は特にこの本で重要なものだ。これは、人間は性愛を抱くのが普通であるという強固な社会的価値観のこと。アセクシュアル当事者はこの価値観から逸脱するゆえに普通ではない人々として扱われてしまう。

これはさらに、アセクシュアルではないが恋愛もセックスもしない/できない/する気がないっていう人への偏見まで生みだしちゃうわけでね。

例えばセックスの経験がない童貞や処女という存在は、コイツらどっかおかしいとバカにされてしまう。この本が書かれたアメリカもそうだが、日本でも童貞をバカにする風潮は根強く生きづらさを感じる人は少なくないはずだ。

斯く言う俺もTwitterで「童貞」ってバカにされたことがあったよ。

映画批評もやってる小説家が、観てもないくせに大衆にウケてるだけでやっかんで『鬼滅の刃』の劇場版をバカにしてたから、それに苦言を呈したら「童貞（笑）」とかバカにされた。

俺は実際童貞だったからムカついたけども、それ以上に悲しかったよ。

コイツ、社会に馴染めず映画で現実逃避してた、それこそそのなかには童貞もいるだろう人々を対象にした映画批評を書いてて、彼らに熱狂的に支持されてた。だが「童貞」という言葉を罵倒として簡単に人に投げられるってことは、そういう姿勢は結局仲間のフリでしかなく「童貞」は金ヅルでしかないんだろうなってそう思えたんだ。だから悲しかった。

こういう状況は明らかに「強制的性愛」が原因なんじゃないかって感じる。そして処女への妙な信仰はこれとコインの裏表な関係なのかもしれないよな。

こういった内容を学術的に解説してくれるのはもちろん、それよりもさらにアセクシュアル当事者たちの言葉でこそ満たされているゆえ、読むうえでとっつきやすさもある。多数派の理解が行き届いていない問題をここまで噛み砕いて説明してくれる本は、英語ならともかく日本語ではなかなかないと思うので本当に有り難いよ。

自分はこの本に則して言えばロマンティック・アローセクシュアル、つまりは他者に対して恋愛的惹かれも性的惹かれも経験するっていう多数派に属している。だからこそ自分とは違うアロマンティック・アセクシュアル当事者に関しては自ら知っていく必要があると思えていたわけだ。

そういう意味でこの本は俺にとっての死角を当事者の言葉によって満たしてくれると、そんな重要な一冊になってくれた。今俺は、前にも増してそこまで性愛にかかずらう必要もないんじゃないかって気分にもなっているよ。

だがこの本以外にもそう思わせてくれる存在がいることを書くべきだろう。日本のTwitterにもアセクシュアル当事者の人がいて、様々なことを発信してくれているんだ。彼らは自分の思いであるとか苦悩をネットに共有することで、俺も含めた多数派の無理解を解きほぐそうとしてくれている。それと同時に仕事を頑張ったりであるとか、趣味を楽しんだりであるとかを日々呟いてくれるわけなんだ。

この二つのことが自然に並んでいる様を読んだりしていると、恋愛をしなくても人生を楽しく生きることもできる！ってのが力強く伝わってくるわけだ。凝り固まった考えがこうしてまたほどけていくんだよ。

『ACE』においてもネット上の言葉が積極的に引用され、かつ訳者も訳語を考えるにあたってはネットに書かれた当事者の言葉を参考にしたと訳注で明言している。これはインターネットがいかにクィア当事者にとって大事な場であるかを指し示しているだろうし、こうしてネットに自分の考えを共有してくれる当事者には俺としても感謝と敬意を抱いている。

皆さん、ありがとう！

「ケア」という謎に立ち向かう

「セルフネグレクト状態」と言われて

そして星座の最後の一角を形なすもの、それこそが……ケアなんだな。

だがコイツが一番曲者だよな。

ケアって何なんだよな、ホントさ。「男らしさの再考」だとか「脱引きこもり」だとかをやるにあたって、コイツが核になる存在だって確信が、確かに俺にもある。

でも、このケアってのはマジに一体何なんだろうな？


俺に関しちゃ、特に自分に対するケア、いわゆるセルフケアが足りないって状況に陥っていると思う。というのも俺はクローン病になって一年も経たずに30キロくらい体重が大減少し、90キロ台から60キロ台、酷い時には50キロ台にまでなった。今は何とか60キロ台まで持ち直したが、厳しい食事制限も相まってかこれ以上増えていかねえ。

だが実を言えば、この体重の大幅な減少に自分自身全然気づいてなかったんだ。いや、マジで分からなかったんだ。診断前、確かに具合が悪くて腹痛に下痢に食欲の著しい減退にと大分ヤバかったのに「引きこもりやニートに病院へ行く資格なし」なんて強迫観念に苛まれ、全部放置していた。この行動には自己肯定力の低さも関係してたんじゃあないかと今は思ったりする。

それである日、何気なく自分の体を洗面所の鏡で映してみたら、マジにガリガリでビビったよ。廃墟で朽ちはて剝き出しになってる鉄筋コンクリートみたいに悲惨だった。その後に病院に担ぎこまれて体重計ったら、あの驚くべき数値が出てきたってわけだった。

だが、この減少ぶりは俺にとって「寝耳に水」感があった。

いや、確かにそれは少なくとも数ヶ月スパンで進行していたんだ。なんだが、こう、まるで不祥事である会社の株価が一瞬で急落したって風に、俺の体重は寝て起きたら一気に30キロ減少してしまっていたって印象が、ともすれば今でも抜けない。引きこもりって全体的にそうだと思うんだが、時間感覚がやっぱバグってんだよ。

これについて話したら、ある人に「セルフネグレクト」と言われたんだ。

この言葉、俺としても聞いたことがあったが、どっか他人事のように思えてそれまで気にすることがなかった。だがこの瞬間に「セルフネグレクト」って言葉の意味を、脳髄じゃなくて心で理解したんだ。

さっき時間感覚がバグっていると書いたが、それは認めたくないものを認めないための心の防御反応なのかもしれない。そしてそれがセルフネグレクトってやつの一種なんだと、あの時に俺は初めて分かってマジにゾッとした。

だからこそ自分の体を労《いたわ》るというケアやセルフケアが重要だというのには、今よりいっそう同意する。特に男性にはこれを蔑《ないがし》ろにしており、女性にケアを押しつけてきた末に自縄自縛に陥っているというのも、俺の経験、母親にこういうケアを任せっきりにしてきたって経験を鑑みれば反論ができない。

今、俺が学ぶべきはこのケアなんだと。

「ケア」を訳し直す

だがある時点で違和感を抱き始めたんだ。

この概念はもちろん重要なんだが、そんな「ケア」が何故にずっとカタカナというか横文字で書かれているのか？ってね。

そしてこの問いとはつまり、そんなに「ケア」って概念が重要なら、何故に“care”って外来の単語に担わせているんだ？っても言い換えることができるだろう。

俺は「言語は人の考えや意識を規定する」って言語相対論を信奉している。何故なら人々の考えや意識のもとになる文化ってものの根底にはやはり言語があるからだ。

ここにおいて日本語の横文字やカタカナ語っていうのは、つまり他の文化からある概念を輸入するにあたって、自国の言葉には訳さないままで言葉だけ借りてくるための道具だ。もちろん元々なかった概念なんだから最初はそうして受容するのもアリだろう。

だが日本語に訳そうとしなければ、それが日本語を土台とした日本文化に根づくかといえば俺は疑問だ。少なくとも訳そうと努力する必要があるのでは?とは思うよ。そうじゃなきゃ結局、国外からの借り物の域を出ない。日本の思想界において「ケア」の重要性が叫ばれて俺も同意はしながらも、どこかで不信感を抱いている理由はこれなんだ。

これに関して、超ガッカリした経験を昨日のようにおぼえているよ。それはケアの倫理の提唱者であるキャロル・ギリガンの新訳『もうひとつの声で』(川本隆史・山辺恵理子・米典子訳、風行社)を読んだ時だ。内容はそれとして、本のあらゆるところにケアケアケアケア、よく実態の分からない横文字が並びまくっていて鼻白んだよ。まるで「まあみんな、こう言っておけば何となく分かるでしょ?」みたいな感じでね。

落胆とともにあとがき読んで、さらに喉奥に腕突っ込まれてるような気分になった。

ただし「ケア」については、あえてカタカナ表記のまま残している(中略)。「世話」や

「手入れ」、「心砕き」、「面倒見」といった日本語の含蓄、さらにギリガンの中国語訳が採用している「關懷」という表現にも惹かれるが、「ケア」の多義性を十全にカバーし得るものではない。（中略）日本社会に「ケア」の語が浸透・定着したと判断して、その拡散と意味変容に留意しながら——かつ、日本語の在来の語彙に登録されているはずのcareに相当する言い回しの博捜を怠らないで——この語を使い続けるほかあるまい。

俺は正直、日本語に責任転嫁するべきではないと思ったよ。翻訳家ならば、新しい語を創成するくらいの気概くらい持ってほしいとは思ったんだ。例えば明治時代の知識人が西洋の概念を死ぬ気で日本語に翻訳したようにさ。

中でも中江兆民なんかは翻訳のために、わざわざ漢文を学んで漢語の知識を磐石にしたうえで訳語を作っていたらしい。中国と西洋、両方に学んだうえで新たなる日本語を創成するってさ。まあ、ここまでのはさすがに望むべくもないが、少なくともこういう姿勢で翻訳っていうのには臨んでいいはずだ。

だから……俺はどこか納得がいかなかったんだよなあ。

クローン病診断後、俺は数ヶ月もの間、一日十錠近い薬を飲んだりしながら絶対安静の日々を送ることになった。だがこの徹底的な治療で、俺は腸以外が超元気になるという皮肉な事態に陥ることになる。

そんな捻くれた健康状態で、俺は己の肉体ってやつを知るために医療に関する本を多読というか濫読していくことになる。そこで自然と人文科学外の、看護学や介護学におけるケアの研究に触れることになった。

そこで運命的に出会ったのが、体育学者であるイヴ・ジネストとロゼット・マレスコッティらが提唱するユマニチュードという概念だった。これは介護のための理念と技術を提供する新しい理論であり『ユマニチュードを語る』(本田美和子訳、日本評論社)に拠れば「人間と人間の間の絆をつくり、相手も人間であり、私も人間であることを確認できる」というケアの理論なんだそうだ。ユマニチュードに関する本は何気なく手にとったくらいのもんだった。

しかし読みながら将来的に親を介護するといった状況で助けになってくれる(というか今は正直親に介護されているくらいのやつだが)のはもちろんなんだけど、俺が俺自身を労るにあたっても役に立つ理論じゃあないかっていう予感が心に兆したわけなんですよ、これが。

そしてユマニチュードを構成する重要な要素のまず一つ目として「見る」って行為が紹介されていた。彼らは普段やってる「見る」をより精緻に解剖していくなかで、被介護者に近づいていって目と目を合わせることの大きな意味を語り、こうして人間として認めあったうえで初めてケアってやつが始まるってのを論じてたんだよ。介護学の本でもここまで「見る」を強調している本はあまりないと、読みながら思ったよ。

ここでケアの訳語について天恵みたいなものが俺に舞いこんできた。

それが「看る」って言葉だったんだ。

「ケア」から「看る」へ

んまあ新しく作った言葉じゃないが、ぜひ俺の説明を聞いてくれよ。

まず「看る」は「看護する」だとか「労る」だとか「ケア」の幾つもの意味を持っているうえで訳語に適していると思う。さらにこれは、先に説明したユマニチュードの「見る」と読み方が同じというのが示唆的だ。このユマニチュードの理論が根づくような土壌を、日本語は昔から持っていたようにすら感じられる。

さらに「ケア」っていうのはまずもって実際に体を動かしてこそ成せる実践的な知であるがゆえに、これは名詞よりも動詞で訳すべきという思いがずっとあった。名詞として使うとわざわざ「看ること」なんて迂遠な言い方をせざるを得ないとしてもだ。逆に言えば、収まりの良さを優先して英単語ばっか使うべきじゃあないってことでもある。

だから「ケア」の訳語として、試しに「看る」を使ってもいいんじゃあないかって思いがあるんだ。

ここから発展して俺は、例えば「ヘアケア」とか「スキンケア」における「〇〇ケア」は、さっきのを踏まえて「〇〇看」でも良いんじゃねえの？とか思ったりしてる。ここにおいちゃ「髪看《かみみ》」とか「肌看《はだみ》」とか違和感バリバリだろ！と訴える向きもあるやもだが、逆に言いたい、表意文字としての漢字をもっと信じていこうぜと。

で、これを試訳したなら「セルフケア」の方もやるべきなんじゃないかと思うんだが、俺はこれを「看己《かんこ》」とでも訳したくなるのさ。

「己」は説明するまでもなくそのまま「セルフ」という意味を担い、かつ読みが「こ」だから、自然と「看護」と音が似るので「己を看護する」という含意がより迫るだろう。逆に先の「〇〇看」に近い「己看」に乗り気でないのは、響きが「股間」と同じゆえにできる、不要な性的含みは排したいからって感じかな。

とはいえ「セルフケア」にはもう一つ「自愛」なんて良い言葉がある。俺自身も友人とメールする時、最後に「ご自愛ください」って文章をつけてるよ。むしろこっちの方が訳語としてうってつけなんでは？ってな印象も確かにある。

それでも「自愛」はちょっと控えめすぎかつ礼儀正しすぎな表現であるように思えるんだ。はあ？……その何がいけないんだよ？と読者は感じるかもしれないな。

けれども俺としちゃセルフケアというか己を労る行為というのは、己の肉体自体もそうなんだが自意識との対峙を迫られるんだ。そこには荒々しい部分すら表れざるを得ないって感じんのよ。それこそ己っていうエゴを御すような作業となるわけなんだ。

だからそれこそ「自愛」に己を入れた「自己愛」の方が、俺としちゃ「セルフケア」の訳語には良いんじゃないかって思えるくらいだ。

とはいえ「自己愛」はその定義が錯綜しすぎているし、良い意味でこの言葉を捉えているのは未だ俺くらいなもんで、混乱が生じるのは避けられない。

だからここではこの「己」と「看」を組み合わせた「看己」って言葉に「セルフケア」を担わせたいって思いがあるんだ。

そして千葉ルーで打ち立てたポジティブな「自己愛」と「看己」をセットで使っていくのさ、いつか「ご自愛ください」が「ご自己愛ください」って言い始める人が出るくらいの勢いでさ……いや、これは無謀すぎるか？

いつもながらこの傍若無人な勢い、スマンね。


そして「看る」と「看己」っていう訳語に関して、「脱引きこもり」の旅路を経て最後にこの訳語に辿りつくってやった方がカタルシスあるっちゃあるかもしれない。

だがあえて序盤でこれを決めさせていただいたのは、ここからの旅路によってこそ、これらの言葉に内実を与えていくという構成を取りたいからなんだ。

そうでこそ、言葉としての説得力を持てるんだと俺は思うよ。

よりマシなシスヘテロ野郎を目指して

リスペクトする男たち

こうして俺は空に三つの導べを手に入れ、前へと進んでいくことになる。

だが旅にあたっては空ばかり見ちゃあいけない。俺が実際立っている場所はその大地なんだ。だからこそ、この大地に足つけて進むための導べもまた必要なんだ。

ここにおいて俺には先人となってくれる男性たちがいるんだ、いや勝手にそう慕ってる感じではあるけどね。

周司あきらさんが最も見習うべき先人というのは既に書いたわけだけどもさ、なんだけども他にも俺が深く尊敬する男性たちがまだまだいる。

彼らへの敬意を、今ここに記しておきたい。

まずはベンジャミン・クリッツァーさんだ。彼は倫理学や政治哲学に関する知を基に、例えば動物愛護や恋愛、映画やポリティカル・コレクトネスなどなど様々なテーマを縦横無尽に論じる書き手だ。

俺は千葉ルー執筆時に彼の初の著作である『21世紀の道徳』を読んで、その忍耐強く地道な言葉に、脳髄をこうグッと握り締められるような知的衝撃を味わった。

この著作ではフェミニズムに関する話題も登場している。フェミニズムをある程度評価しながらも、一方ではいわゆる「ケアの倫理」に対する批判はかなりクリティカルだ。この論を批判するフェミニストも何人か見掛けたよ。

だがそれでいて逆にフェミニズムの激烈な批判者である弱者男性論者の主張をもガンガン批判し、こちらからも目の敵にされている。

こうして両陣営から批判を受けながらも、クリッツァーさんは粘り腰で議論を組み立てていくことを怖れていない。こういった漸進主義、そして飽くなき中庸への志向を俺は尊敬している。

加えてこの第一部理論編における男らしさの論じ方や言い回しの重要性に関する考えは、周司さんとともにクリッツァーさんの思索に多くを負っている。ゆえに深く感謝したい。

それから木津毅さんだ。彼は主に音楽や映画、ゲイ・カルチャーについて執筆しているライターで、俺も前々からその文章を読んでいた。そして彼の著書である『ニュー・ダッドあたらしい時代のあたらしいおっさん』（筑摩書房）も読むことになったわけだが、この愛に溢れる本には感銘を受けた。

男性から男性への性愛や友愛、さらにはそこに収まらない様々な愛についての文章の数々。読んでると心が暖まってくるような素朴さや親密さが、そこには滲んでいるんだよ。

特に『ストレンジャー・シングス』でホッパー署長を演じたデヴィッド・ハーバーについてのエッセイは、読みながら笑みがこぼれるほどだったね。

ハーバーはマーベルの『ブラック・ウィドウ』にも出演してたんだけど、そこじゃ若い頃に着ていたヒーロースーツを着られないっていう、言ってみればハーバーの中年体型をいじるネタがあったんだ。作品テーマがフェミニズム印の「わたしの体は、わたしのもの」なのに、一方でこういうオッサンは「デブ（笑）」とネタにするんだなって納得いかなかったんだ。だからその体型も含めてハーバーを愛おしみ、抱きしめるような木津さんの文章は読んでて何だか慰められたんだ。こういうオッサンがいてもいい、こういうオッサンにいてほしいっていう親愛に溢れた肯定がね、心地よかった。

そして思ったのは、俺は男性に対する様々な思いを彼くらい豊かに表現することができるだろうか？ってことだ。さらにそれは、俺は彼くらいに男性と豊かな関係性を築けているか？という問いにも繋がってくるだろう。

木津さんの『ニュー・ダッド』はここに示唆ってやつを与えてくれたんだ。

それからDaniel Schreiber（ダニエル・シュライバー）っていうドイツのエッセイストの人。彼は“Allein”というエッセイ集を出していて、俺はその英訳版“Alone”を読んだんだが、そのテーマは題名の通り「一人で生きる」ことについてだ。

ゲイ男性としての今までの人生を語りながら、そのクィアという視点から社会を批判的に描きだす筆致がかなりいい。だけど一番印象的なのは、恋人など性愛的なパートナーを持つことを至上とせず、かと言って友情をも美化せず一定の距離を取りながら、これから一人で生きていこうって彼の姿勢だ。彼は一人ってことをかなりニュートラルに捉えているんだよな。

自立はいまだ遠いが、ある程度は生活ってのを一人でやっていけるように頑張ろうって思ってる俺には、その寂しさも喜びも味わいながら一人でやってみようってその姿勢がかなり響いたんだ。

木津さんの姿勢とは結構な違いがあるが、『ＡＣＥ』が提示してくれる生き方とともにこういう姿勢も俺は大事にしていきたいんだ。

最後は天竜川ナコンさんである。彼はTwitterやYouTubeで今話題の動画製作者だ。どの作品も最高に面白えんだが、特に「現実　実況プレイ」っていうシリーズは、ままならない現実っていうやつを生きてる全ての人々を叱咤激励していくサイコーのやつで、新作観るたびにもう笑い泣きだよ。

ナコンさんは「てめぇら!」とか「俺たちは!」とか「なんだよなあ!」とか口調こそ勇ましいんだが、自分の抱いている悲しみだとか不安を皆に話すことを怖れてねえし、弱さを皆に共有することに少しも臆してねえんだ。

今の世界においては繊細であること、弱いことをありのままにさらけ出せることが勇気の証なんだって教えてくれる。ナコンさんの魂のこもった説教はアツいし感動的で、だからこそあそこまでの共感を呼ぶんだろう。

ナコンさんは俺にとっちゃ「ストイック」って言葉の語源でもあるストア派、ここに属する偉人セネカに並ぶような賢人だよ。

俺は中野孝次の『ローマの哲人　セネカの言葉』(講談社)を読んでる時、こんな言葉を見つけた。

> 重要なのは君が何者かということであり、どこへ行ったかではなく、どういう者として生きて来たかなのです。(中略)どこでもこういう確信をもって生きねばなりません、「わたしはどこか一つの片隅のために生れたのではない。わたしの故郷はこの全世界だ!」と。
>
> (ドイツ語版『道徳についてのルキリウスへの手紙』28章からの中野による翻訳)

俺は引きこもりかつ難病持ちなもんだから、三十年間ルーマニアどころか海外に一回も行ったことないわけで、周りで海外行って色々やってるやつを見るとガチ凹みすること多々あるんだ。それでもセネカのこの言葉見ると「今ここでやれることをやってやれよ！」と勇気づけられる。

そしてナコンさんもまた「現実 実況プレイ～VR空間へお引っ越し 解説～」でこんなこと言ってんだよ。

つまり大切なのは、場所じゃねえ。てめえ自身がどんな所でも、常にてめえなりに、善くあり続けようとすること、そこにさえ、てめえに嘘をつかなきゃ、俺たちは、場所を問わず、自由になっていいんだっつってんの！

これ聞いた時、液晶に写ってるこのアツい男はセネカの生まれ変わりだって、俺は確信したよ。それからはナコンさんを現代の賢人として慕っているのさ。

実はこの文体だってナコンさんにはマジに相当影響受けてるよ、はは。

こうして男性であることを模索している人々の大きな肩を借り、俺もまた男性であることを自分なりに考えながら、それについての本を書こうとしている。

とはいえ今挙げた人々に俺がキチンと並び立てているかといえば、全然そうじゃないと思えているんだ。まだまだ彼らの背中は遠くに見える感じなんだ。

これについて説明するには「自己愛」ってやつについて説明する必要があるだろう。

さあさあ、これこそが最後の理論編だ、みんなぜひ読んでやってくれ。

「生きる」から「生活する」へ

まず俺の定義として「自己愛」ってのは単純に「自分への愛」だと思っている。

今この概念は悪いもの、ともすれば病のように扱われるが、いやいや自分を愛するって生きていくにあたって重要だろう。この「自己愛」こそが己という存在の土台になるはずだ。生きることに力を込める時、己を支えるのがこの愛なんだと。

そして俺としちゃ、この「自己愛」はさらに「自尊心」と「自己肯定感」の二つに分けられるんじゃあないかと思える。まず自尊心を一言で表すなら「自分、もしくは今何かをやっている自分をカッケえと思える力」だ。

俺の場合は、ルーマニア語を学び、ルーマニア語で小説を書くことによって「自分カッケえ」と思えるようになった、つまり確固たる自尊心を手に入れられたんだ。

一方で自己肯定感というのは「自分、もしくは今何かをやっている自分についてこういうのも悪くないと思える力」だと思える。例えば家で買ってきたコンビニスイーツを食べる状況を考える。自己肯定感があれば、その人は何も気にすることなくスイーツを食べ、美味しいとか食感が気持ちいいとか思える。

だが自己肯定感がないと「今、こんなスイーツなんか食べてて自分はいいのか？　砂糖とかカロリーとか多くて不健康だし、マジで太るぞ……」と疑心暗鬼に晒される。自分が今為していることへの疑念、ひいては自分自身への不信感を抱き、生活のなかで常に不安を感じざるを得ない。

俺は引きこもり時代に高すぎる自尊心と低すぎる自己肯定感を内に抱えて、均衡を何とか保ってきた。とはいえルーマニア語のおかげで自尊心を手に入れたはいいが、あまりにも高く持ちすぎてるってのは危うすぎるとも感じたんで、これを削って自己肯定感の方に分けた方がいいかもしれないとすら思っていた。

しかし千葉ルーという本を執筆するうえでその高すぎる自尊心を見据え続け、かつ出版を通じてこれを読者のみんなが驚くほど面白がってくれて、そして受け入れてくれた時、削る必要はないとそう思えた。

この高すぎる自尊心をそのまま抱いてやりゃあいいと。

俺がむしろ成すべきは、あの低すぎる自己肯定感を自尊心と同じくらいに引きあげることなんだと気づいたんだ。

俺の自己肯定感は未だに、人間が調査できる海底の深部より、さらに深い場所に沈没している。しかもクローン病って消化器の難病を抱えてるもんで、さっき書いたコンビニスイーツ話においてはさらに「難病なのにそんなん喰ったら腹痛も下痢もヤバいことになるぞ、というか最悪死ぬぞ！」みたいな自責の念にまで晒される羽目になってる。

これを何とかしなきゃならねえぞと。


ここ十年くらい、俺はマジでずっと死にてえなと思ってた。

排水口に詰まった垢まみれな毛の塊みてえな希死念慮に、常に支配されていた。それでも自殺する勇気がないから結果的には生きてしまってると、そんな状態だったんだ。

それは自尊心を得た後も、何故かずっとそうだった。ここには自分でも矛盾をめちゃくちゃ感じてたよ。

ルーマニア語を学ぶのも小説を書くのも楽しい、これってつまり生きるのを楽しんでる、生きたいってことじゃないのか？　だが実際には何でこんな死にてえんだ？

この矛盾について、きちんと言語化できたのはクローン病診断後に本を死ぬほど読んでる真っ只中だった。

人間の生はこれまた二種類に分けられるんじゃないかって急に思いついたんだ。

それは「生きる」と「生活する」とにだ。

「生きる」ってのはより精神的な側面に属していて、他者を様々な形で愛するだとか芸術を創るとかで構成されるものだ。一方で「生活する」ってのはより肉体的というか即物的な側面に属していて、それは家事をするとか税を払うとかで構成されている。

で、俺は小説を書きまくったりしてた通り「生きる」ってのは全力でしてたし、それを楽しんでいた。それでいて「死にたい」と思い続けていた。

ということはだ、俺の「死にたい」ってのはつまりもう一つの「生活する」をしたくないってことじゃないのか？ってね。

俺は今まで引きこもりで家事やら金の問題やら全てを親にブン投げていたわけで、これこそが俺の希死念慮の答えだとやっと気づくことができた。

そう、俺、今までマジで生活をしたくなかったんだ。

でも、もはやそうも言ってられねえ状態に来ちまったよ。

「自己肯定力」を鍛え続ける遥かな旅路

こういう考えとともに振り返りゃあ、千葉ルーって本は「自尊心」と「生きざま」についての本だったと思える。また新たに気づくのは「生きる」ってやつは「自尊心」に対応し、「生活する」は「自己肯定感」に対応するんじゃあないか？ってことだ。ならだ、今回の「脱引きこもり男性学」は「自己肯定感」と「暮らしぶり」についての本になるんだろうって、そんな予感があんだよ。

脱引きこもりの実践ってやつは生活の風景そのものであり、自分を肯定できるようになるための旅路なんだ。そしてそれは人生のスタートラインにやっと立てた俺の、ゼロからイチへと至るための第一歩にもなるだろうなって。

加えて、こっからは今まで言ってきた「自己肯定感」を「自己肯定力」と言い換えさせていただく。何故なら「感」より「力」の方が、後天的に鍛えることができると思わせてくれるからだ、地道な筋トレによって筋力を鍛えていくようにね。

さらにこいつは必然的に、周司さんたちに顔向けできるような、よりマシな男性っていうか、よりマシなシスヘテロ野郎になるための旅路にだってなっているのさ。

男性学が後ろ向きかつ自罰的なものからの変革が求められて、周司さんたちがその先頭に立ち「男性として生きることの喜びや楽しさ」をも内包した男性学を作ろうとしている。

そのなかで、俺は「男性として生きるのも悪くないなあ」という思うための実践をやっていきたい。

それはもう既に社会ってやつに出てる、出続けてる人にはめっちゃ些細な実践に見えるかもしれねえ。

みんなは条件反射でやれても、俺には言葉で考えに考えまくってやっと納得して、こなすことのできるだろう実践だ。俺にとってはバカでかくそり立って越えることの難しい壁みたいなものなんだ。

「一人の人間にとっては小さな一歩だが、人類にとっては偉大な一歩である」

月面に降り立った初めての人物ニール・アームストロングの言葉だ。

ここから描かれることに関して、俺はこう言いたい。

人類にとっては小さな一歩だが、俺にとっては偉大な一歩である、と。

このデカいのかちっせえのか分からねえ実践を通じてこそ、多数派としての良心と責任をめぐる「シスヘテロ男性学」を作るくらいの気概で「俺」について語っていきたい。

ということでその旅を改めて進んでいこう！

途中に

はじめてのこころみを書くということ

書くとか書かないとかじゃあない、気づいた時には既に書いている！

……というのが、俺の気質というか、もしくは「俺」そのものだった。

こういう「俺」をこの三十年生きてきたゆえに、自己肯定力の低い俺でも書くという行為には人並み以上にはできるという自負があったりする。

だが今までは、小説も詩も映画批評も内から湧き出る衝動のままに書いてた。誰に依頼されるでもなく、誰に見られることもあまり求めず、ただ俺が書きたいから書くって感じでネットにそれらをブチ撒けてきた。

だからこれを仕事として強制的に自分にやらせるというのがどうしてもできなかったんだ。それだと自己満足のままに書くなんて絶対無理だからね。

とはいえ「書く」を仕事にできりゃこんな俺でもちょっとくらいはお金を稼げるって気

はしてた。でもこの状態への持っていき方が分かんなかったんだ。

でも千葉ルーの執筆を通じ、自分以外の誰かとともに書く経験をして、仕事として書くことの奥深さや面白さを知り、そして書くは書くでも「エッセイを書く」なら仕事としてやれると初めて分かった。

今、俺は小説家や映画批評家と並んで、エッセイストっつう肩書を背負ってる。

エッセイストとして、このエッセイを書くって「仕事」を、これから俺はやってこう……

こうして自負を持つと、ちょいと妙な野心まで催してくるわけよ。

読者の皆さま方、千葉ルーの話ばっかでアレだが、この本はエッセイとしてかなり規格外というか、破天荒な代物だったんじゃあないかと思うわけよ。

俺の勝手なイメージではあるが、エッセイといえば、もっと日常や生活に寄り添い、その隠された魅力を見つけながら、同時にエッセイスト自身の思考や心情を繊細に綴りあげるってジャンルな気がする。それこそ『枕草子』とか『徒然草』とか『方丈記』って日本三大随筆みたいなね。

千葉ルーを書く時に重要だったのは「軽やかさ」というやつで、ルーマニア語やルーマニア文学みたいな学術界でしか語られないマイナーなものを一般の人にも読んでもらうためには？ってのを考えながら、あの軽薄かつ軽やかな俺文体が生まれた。

この千葉ルーの軽やかさを引き継ぎながら、次はああいう正統派エッセイ、書いてみようかってね。

そんな俺に立ちはだかるのが「エッセイ」という言葉なんだった。

これがまた「ケア」と同じくバキバキの横文字っていうね。俺はこういう横文字を見ると、俺なりに日本語に訳してみたくなっちゃうんだよなあ。

一応「随筆」だとか「随想」なんて由緒正しき日本語があるっちゃあるが、これはカッチリカタカタすぎて、軽やかさには見合わない気がする。俺の想定する「エッセイ」とは別物って印象なんだ。

軽やかさを求めるなら、むしろ「エッセイ」の方がそれっぽかったりするが、こっちはこっちで軽すぎる。千葉ルーにはこの軽さが合ってる気もするけどね。

こう考えながら、ふと「エッセイ」のそもそもの語源が気になって、調べてみた。

十六世紀のフランスを生きたミシェル・ド・モンテーニュの『エセー』（白水社、宮下志朗訳）って言葉が語源らしい。で、その原義は「試論」らしい……

その真相を探るべく、俺は市川市中央図書館のフランス文学棚へ向かった。

――だがこの『エセー』、正にモノホンの規格外。

日本語訳にして七分冊、ページ換算おそらく二千は下らない半端ねえドデカさで、千葉ルー執筆時に岩波書店の『キケロー選集』全十六巻を片っ端から読んでいた俺も、その分厚さにビビッちまった。実を言えば、前も別ルートでこの本に興味を持っていたが、この偉容に気圧されて断念していたんだ。
しかし「エッセイ」ってものに意識的に挑戦しようとしている今、この本に触れなくてどうすんだ？
もはや自暴自棄にも似た勢いで、俺は第一巻を手に取った。
だが気張りまくっていた俺は、すぐさまその内容の「軽やかさ」に驚いた。文章はとて
も素朴なもので、読者に対して気軽に語りかけるような親しみやすさに満ちあふれている
んだよ。カフェでコーヒー飲んでたら、常連客らしき老紳士が現れ、同席した人々へと軽
やかに喋りかけてくるみたいなノリよ。いわゆる「古典」と崇められる類の作品が持つイ
メージからは、いい意味でかけ離れていた。
そして内容は、マジに多岐に渡ってんだ。

祈り、人生の空しさ、残酷さ。
人食い人種、奢侈取締令、腎臓結石。
親友との友情。
勃起不全。
そして生と死について。

本当さ、あらゆることについて、まるで思いつくがままに書いている感じなんだ。

だから一つ一つの長さがまちまちで、3ページで終わる章があれば、本一冊分も続く章すらあったりする。この断片的な感じが正に「試論」という感じで、風通しのよい自由さを感じさせたんだ。

で、五十章「デモクリトスとヘラクレイトスについて」の冒頭にこんな文章がある。

判断力《ジュジュマン》は、どのような主題にでも通用する道具であって、どこにでも入りこんでいく。したがって、今している、この判断力の試み《エセー》においても、わたしは、あらゆる種類の機会を用いるようにしている。自分に少しもわからない主題ならば、まさにそれに対して判断力を試してみて、その浅瀬に遠くから探りを入れて、それから、どうも自分の背丈には深すぎるようだと思えば、川岸にとどまるのだ。そこから先には進めないぞと悟ることは、判断力の効果のあらわれというか、判断力がもっとも誇りとする力のひとつなのだから。

白水社版の訳を担当した宮下志朗によるモンテーニュの解説書『モンテーニュ　人生を旅するための7章』(岩波書店)において、この文章は『『エセー』の定義として、もっとも有名な個所」として引用されてる。さらに実は文章自体に「エセー」という言葉が登場しており、宮下はそれを「試み」と訳しているんだ。

ここでハッとなった。

「エッセイ」って言葉も、そのまま「試み」と訳しゃあいいんじゃあないかと。

だがまだ堅い、軽やかさが十分じゃないという思いが続きながら、日本語にしかやれない訳し方に気づいた。

この「試み」を「こころみ」とひらがなで綴ればいいんだ。

俺は「こころみ」という文字列から、確かに風を感じた。そしてその風のなかで、この言葉に「心見」という漢字が自然と重なって見えてくる。

『エセー』はモンテーニュという人物が、自分の考えたことを綴り、そうして自分の心を知っていく過程で、生涯をかけて築きあげた書だ。そしてこれを源に生まれた「エッセイ」ってやつを書く行為もまた自分の心を知るための過程だ。

「こころみ／心見」って訳に辿りついて、俺はそう思えた。


で、こういう風に「エッセイ」の伝統を探求しているうち、さっきはカッチリカタカタすぎなんて言ったが、日本における「随筆」の伝統にも興味を持ち始めた。こうなるとその始原である日本三大随筆を読むっきゃないと思えた。

『枕草子』は今、大河ドラマで注目を浴びているから逆張り精神炸裂で、他の皆さんに読むのを託して後回し。流れで『徒然草』を最初に読もうとして、とはいえ先に解説書を読んで読書の見取り図を得ようかなということで、まずは『徒然草　無常観を超えた魅力』（川平敏文著、中央公論新社）を手に取った。

第一章には、本の代表的な言葉である「つれづれ」についての文章が綴られていた。

この言葉、普通は「退屈な、所在ない」という意味で訳されるが、実はこれにはもう一つの意味があるらしい。それが「もの寂しい、孤独な」というものだ。何かが自分に欠けてしまっているって感覚が意味に含まれていると。

だからあの有名な冒頭の文章は、物にしろ人にしろ、物理的にしろ精神的にしろ、何かが欠けてしまっている状態で随筆を書いている、みたいな感じでもあるらしい。

この意味が今の俺にはより迫ってきたんだ。

自分はアラサーにして生活完全初心者で、五里霧中の状態で何とか生活の練習ってやつをしている。

周りは生活中級上級者ばっか、少なくとも色んなものと折り合いつけて生活を何とかやってる。

それに比べて俺はへちょすぎだろ……と落ちこむこともしばしば。

そんな状況で、俺は、具体的に何とかは明示できないが、引きこもってなかった人ならとっくのとうに得ている「何か」が自分に欠けているのを日々実感するんだ。

それを手探りするなかで思い浮かんだことを俺は「こころみ」ているってわけだ。

こういう孤独、こういう寂しさを以てつれづれなるままに、兼好法師は『徒然草』を書き、そしてモンテーニュも『エセー』を書いていたのかもしれない。

俺は自然とそう思えてきて、何だか心強さも感じたんだった。

これからの文章は、そういう意味で「つれづれ」なるままに数ヶ月もの時間をかけて書き継いでいったものだ。舞台となる時間も場所も違えば、こころみごとに書くのにかけた時間も一日のものもあれば数週間かけたってのもある。

だからこそ、まとまりがない。だが今回に関しては、これでいい。

いや、これがいいんだ。

そんな「つれづれなるこころみ」を、ぜひ味わっていただければ恐悦至極ってやつさ。

実践編

俺は俺の行動で変わっていく

はじめての、友人と初詣

Respect for 稲波さん

男性にはケアしあえる、俺的には「看あえる」ような男友達がいないなんてことが、フェミニストからの男性性批判において話題にあがる。俺自身、特に以前の俺に関しては、そもそも男女問わず友人がいなかったわけで、この主張に合致するどころか、彼女らですら「……いや、あなたはそれ以前の問題では？」と言ってきそうな状況だったね。

だがFacebookでルーマニアの人と繋がっていくうち、人といかにコミュニケーションを取ればいいかを学んでいき、日本より遥かに遠い地に新しい友人ができていった。俺の作品をまず真っ先に自分の文芸誌に掲載し、俺の人生を一変させてくれた親友のミハイ。毎日Messenger越しに他愛ないお喋りをする仲の「やみ」（やみってのはあだ名で、日本語の「闇」にちなんでるんだ）。小説や詩を読んでくれて律儀に直してくれるオリヴィア、ダンやアンドレーア……俺には本当にたくさんのルーマニアの友人ができていったんだ。

だが彼らに実世界で会ったことはない。Facebook上じゃずっと話してるから、もはや自分でも信じられないが、これはマジなんだよなあ。だから、こう、彼らを看あえる友人であると言えるかというと未だ心許ない。

それでもだ、そんな俺にもやっとお互いを労りあい、そして看あえる男友達ができたという感覚がある。ぜひ、ここでは彼について紹介させてほしいんだ。

二〇二二年九月三十日、千葉ルー執筆のために、いつものようにコルトンプラザ三階にあるフードコートで読書をしていた。読んでいたのはソール・A・クリプキの『名指しと必然性　様相の形而上学と心身問題』（八木沢敬・野家啓一訳、産業図書）だ。少し前にこのクリプキが亡くなって、色々な人が彼の哲学を紹介しているんで、俺も興味持って読んでみたんだ。

これが、だけどマジに意味分かんなかったんだよなあ。

言語哲学とか論理哲学とかって俺にとって鬼門で、理論をそんな捏ねくりまわす前にもっと直截的に言葉を使ってみろよ！と反感を抱くんだ。クリプキの本も正にそんな感じで、結局最後まで全く意味が分からなかった。印象に残ったのは訳注に「クリキプ・モデル」って書いてあったけど誤植なのか、言語哲学としての敢えての言葉遣いなのか分からないってことだけだった。

「その本、何読まれてます？　クリプキじゃありませんか？」

いきなりそんな声が聞こえたんで、驚いたよ。横を見たら眼鏡をかけた、たぶん俺と同世代くらいの男性が立ってたんだ。何だ？とかもちろん思うけど「クリプキ」って名前に思わず反応せざるを得なかったよな。

「そうですけど……」

そう言ったら、彼はこう返事してきたよ。

「大学でクリプキ、勉強していたんですよ」

本当に驚いちゃったよな。まさかクリプキを大学で勉強していたって人に会えるなんて、しかも千葉の片隅のショッピングモールのフードコートでだぜ！　こうして何と100時間カレーEXPRESSの前のテーブルがクリプキ講義の場になっちまったんだった。

そしてこの場で俺たちはクリプキ以外の話も自然としていた。俺はニートだけども何の因果かルーマニア語で小説家になりそれについての本を執筆中であること、彼は大学で様相論理を学んでいて今は塾講師をしていることなどなど。もちろん初めて会った人だけど、彼とは馬が合うっていうのを相当に感じたんだよ。

二時間以上話して盛りあがった後、彼は仕事に戻らなくちゃいけなくなりコルトンの外で別れることになった。だが俺たちはメールアドレスを交換し、再会の約束をしたんだ。

これが俺と稲波《いななみ》さんとの出会いだったんだ。

読書ノートの「名指しと必然性」のページには俺の興奮が鮮烈に刻まれてるから、それをそのまま引用させてもらうよ。

「今度連絡しますよ」とか言いながら実際は連絡せずに時は過ぎていく……なんてことはザラにある。

だがこの時の俺は違った。タブレットをWi-Fiに繋げて、即メッセージを送ったよ。そしたら稲波さんからすぐに返信が届き、あれよあれよと次に会う日時を決めた……

こうしてコルトンのフードコートで定期的に会うことになったんだよ。

会うたび俺たちは様々な話をしたよ。稲波さんは今はメルロ゠ポンティなど現象学に興味があるとか、俺は引きこもりだけどそこから脱却するため本執筆に邁進しているだとか。数学に造詣の深い彼に「数学は数式で説明できることが重要なのは分かるけど、まどろっこしくて構わないから、お願いだから全部言葉で説明してくれ！」と泣きついた時もあったね。

だが特に印象に残ってるのは教育についての会話だ。

俺自身について言えば、中学以降は完全に落ちこぼれていて、国語以外のほとんどの分野、特に理系科目はギリギリ赤点は回避ってレベルだった。学校での勉強はマジに「勉強させられる」であって、自分から前のめりで「勉強する」ってことをする余地がなかった。そのせいで俺は自分が実は勉強するのが好きってのに、ルーマニア語と語学に出会うまで気づけなかった。ゆえに今でも学校であるとか教育制度そのものに反感を持っている。

一方で彼は塾講師、つまり生徒を勉強させる側の人であり、教師として苦悩がありどう教えればいいかというのを常に模索しているんだ。今まで教育者側の人と友人になったことがなくて、彼らが考えていることを知ることができていなかった。

だが稲波さんの言葉を通じてそれを知ることで、少しずつ中高時代の教師たちのことを悪意だけでなく理解と共感を持って見られるようになる思いがあるんだ。まあ、完全に悪意を払拭できてるわけじゃあないがね。

それから俺たちは本を読むのも好きだ、出会いがそもそも本を通じてだったしね。

コルトンに有隣堂がオープンした時からは定期的にそこに寄って本についてめちゃくちゃ喋りまくるんだ。この前は語学書の棚の前で、トルコ語やハワイ語について語ったよ。

それから本の貸し借りだってしている。相手が現象学や身体についての本を貸してくれる一方、こっちは『ルーマニア、ルーマニア』（住谷春也著、松籟社）とか『「おりる」思想　無駄にしんどい世の中だから』（飯田朔著、集英社）って人文書を貸したりだね。

一回、俺との友情の記念にと稲波さんがフードコートで俺の肖像画まで描いてくれたことがあった。こうやってモデルになるのはこれまた初めての経験でなかなか緊張したけども、なかなか悪くない気分だったね。

実はさ、一応やってたアルバイトがコロナで潰れて完全に引きこもり化したり、かと思ったらクローン病になって今までとはまた違う地獄を見た後、初めて実世界で出会ったって言える人が実は稲波さんだったわけだよ。

ネットを通じての交流と実世界での交流、どちらも重要なわけだが、俺には後者があまりにも欠けすぎてバランスが取れていなかった。そんな中で、稲波さんは後者の楽しみを教えてくれたかけがえのない友人になってくれた。いやあ本当に楽しいよ！


二〇二二年が終わる頃、それはつまりもうすぐ千葉ルー出版の情報解禁って感じで浮き足立ってた頃、稲波さんに一つの提案をした。それが初詣の誘いなんだった。

俺は初詣として年を越した瞬間に最寄りの神社行ったり、その後の一月三日に本八幡《もとやわた》の葛飾八幡宮に行ったりしてたが、それは家族としか行ったことがなかった。

だから勇気を出して「初詣一緒に行きませんか？」と誘ったら、彼はそれに乗ってくれて嬉しかったよ。

で、本八幡で待ち合わせして二人で初詣に行ったよ。

千葉ルーの告知をTwitterでしたら反響がなかなかすごくて……みたいな話をしていたら、稲波さんが鞄からクソ大きなカメラを取り出してきたんだ。何でも祖父が持っていたかなり古いカメラだそうで、それを頑張って使いこなし初詣の写真を撮ろうと持参してくれたらしかった。

これで俺のこと撮ってくれるんか！と、何かジーンとするというかさ。

だからノリノリで神社の鐘をつく建物の前でポーズをとったり、ドデカいご神木の前ではしゃいだりしながら、写真撮影をしたんだった。この時はまだ写真に撮られるのも慣れてないからちょっと恥ずかしかったけど、背中がくすぐったいっていう悪くない感覚もあったんだ。

でさ、この時の俺は何かマジで泣きそうになっていた。

昔はコミュニケーション能力が著しく低かったせいで、こういう経験を今まで全然したことなかった。それに鬱と引きこもりの十数年で多くのものを失っちまった。そんななかで、この時まで得ることのできなかった何かをやっと取り戻すことができたような感覚が少しだけども確かにあったんだ。それでちょっと泣きそうになった。

今の俺は、何とかギリギリで生き延びたという深い、深い安堵がある。一発逆転なんてものは信じていなかったが、千葉ルーの出版によって俺の人生はあまりの劇的さで一転してしまった。これ自体は本当に幸運で、有り難いことだ。

それと同時に、これがなかったら俺の人生は一体どうなってたかとゾッとする瞬間が何度も何度もあるんだ。これに襲われた時、冗談じゃなくて吐きそうになるよ。

そして安堵と恐怖の間にある俺は、その後ろに生き延びることのできなかった人たちの呻き声や影を常に感じるんだ。幸せを感じている時にもある種の後ろめたさを抱く時があって、未だに自己肯定力のなさを実感したりもするよ。

だが稲波さんと交流している時はそれを忘れて、全てを楽しみ前を向くことができると感じる。彼の存在がかけがえないのは、それゆえなんだ。

俺たち、普段はＬＩＮＥとかじゃなくメールでずっとやりとりをしてるんだ。その方が長い文章でこそ相手に考えていることを伝えることができるからね。

そしてその文章の最後には「ご自愛ください」っていう言葉を毎回書いているんだ。メールを送りあう仲になってからずっとそうだ。何でこの言葉を選んだかは覚えてない。だけどこの言葉が俺たちにはシックリくると思ったし、今だってそう思ってる。

液晶画面に映るこの言葉は、紙に手書きで綴ったものより軽いものに見えるかもしれない。だけど俺はこういう文章を書くたび、そして見返すたびに互いを看あっている感覚があり、そのたびに救われる感覚が確かにあるんだ。俺は本当に幸せもんだよ。

ということで稲波さん、そして読者の皆さん、ご自愛ください……

はじめての、コルトンで本の薦めあい

Respect for 書店で会ったみんな

千葉県市川市鬼高1丁目1－1、そこにあるものこそ市川市民の憩いのショッピングモール、ニッケコルトンプラザ！……なんて、この本に何度も登場してるし今さら？　とはいえ俺の愛するこのショッピングモール、ぜひ紹介させてくれ。

食料品店、レストラン、アパレルショップ、家具店、家電量販店、フードコート、ゲームセンター、映画館、ドラッグストア、書店、ジム……ここはマジで何でも揃ってるパーフェクトな場所で、市川市の真ん中に建設されてはや三十五年だが、今も市川市民に愛されて続けている唯一無二の場だ。

生まれてこの方三十一年、市川市以外に住んだことがない俺にとっちゃやっぱ身近な場所だ。鼻水たれたガキの頃からゲームセンターに連れていってもらい、コインゲームで遊んだり、誰かが格ゲーやってるのを後ろから観戦したりしてた。中高時代は四階の本屋によく漫画を買いに行ってたが、修学旅行の帰りにここ寄って『ARIA』（マッグガーデン）を買ったことを昨日のように覚えてるし、『BLEACH』（集英社）と運命的な出会いを果たしたのもここだった。

引きこもりになった後も、散歩くらいなら頑張れるって状態だったら自宅から歩いて二十分のここにまで歩いてきて、あちこちにあるベンチに座って時間をやり過ごしていた。もう少し体力があるなら、横の中央図書館で借りた本を読んでみようとする時もあった。ここならいくら座ってても誰にも何も言われないし、誰も俺に関心なんか向けてこない。子供部屋で自意識を肥大させて、自滅に向けてドン詰まっていってた俺には、こういうたくさんの人のなかに埋没する感覚が救いになってたんだ。優しい無関心ってやつだね。今思えば、ここに来ること自体が俺にとって「脱引きこもり」の第一歩だった。

そして本を書いてる時にも、このコルトンって場が俺の支えになってくれた。

執筆の場は色々あったが、俺にとって最も重要な場はコルトン三階のフードコートだった。本を書いている時、俺は「もっと広く読まれるように」という要請に幾度となく直面することになったんだ。この言葉について考えている時、俺の視線は自然とフードコートにいる人々に向かった。

丸亀製麺のうどんを啜ってるサラリーマン、YouTubeで『まいぜんシスターズ』を観ながら昼食を食べている家族連れ、友達と死ぬほど騒ぎまくってるヤンキー集団……

この中には読書が趣味であったり、本が日常に根づいているっていう人はあまりおらず、本を読むことが習慣ではないって人の方が多かっただろう。

俺を含めて読書好きは自分がそうであるからと「人々は月に本を何冊も読んでいる」なんて思いがちだが、それは幻想で、読書なんてあくまで数多ある趣味のなかの一つでしかない。料理だったりスポーツだったりゲームだったり、他にも楽しくて奥深いことはたくさんある。

だが、読書好き以外のそういう人々にも俺の本を読んでもらえたらそれは本当に光栄で、素晴らしい。そのためにはどうすればいいかを俺はフードコートで考え続けた。

そうするなかで気安い口調で語りかけまくる口語体の文体ができあがり、こうして本がどんどん開けていくような感覚があったわけなんだ。

そして完成した本は俺が想像したより遥かに多くの読者に読んでもらえたんだ。

本が開かれたものになるうち、俺自身が急速なまでに社会に開かれていって、てんやわんやの状態になってるってのは、今まで皆さんが読んできた通りだ。

で、本を書いてる時に思っていたんだ。

俺の本、絶対にコルトンの本屋に置かれたい！ってさ。

コルトンって昔は三階と四階どっちにも書店があったんだが、その頃には昔漫画を買ってたって四階の本屋は跡形もなく消え去ってて、三階にだけになってた。だけどそこも執筆中にどんどん縮小していってるのが外国文学棚の衰弱っぷりから明らかで、案の定、潰れちまった。俺がそこで最後に買ったのは図書館の本を水没させてしまったがゆえの弁償のための本、しかもその代金も、金が無さすぎて親に頭下げて立て替えてもらったやつ。

悔やんでも悔やみきれないまま、潰れる本屋を見つめ、そして涙を何とかこらえながら、俺は決断したんだよ。次にまたコルトンに本屋ができたのなら、潰れてしまった本屋の分までそこを盛りあげていくぞ!と。

そして、紀伊國屋が入る!と思ったら食品の方の紀ノ国屋だったというアクシデントはありながらも、跡地にあの有隣堂が開店することになった。オープン日当日、俺はひしめくお客さんに揉まれながら、あの決意をさらに深いものにしていた。壁には今度開催されるトークショーのポスターが貼ってあって、俺もここでトークショーやったると編集さんに決意表明を送ったのを昨日のように覚えてるよ。

そして本発売後には挨拶に行ったのだが、実は千葉県初出店らしいこの有隣堂の大井店長さん、地元がコルトンの辺りってことで、バンバン地元推しをしてくれる人だった。さらに店で文芸書を担当している広沢さんも優しくて、店内のマジにいい位置に千葉ルー特設コーナーを作ってくれた。ポスターとともにドンと千葉ルーが置かれてる様を最初に見た時は、目頭が熱くなったよ。

それからは念願だったトークショーもノリノリで開いてくれるわ、店長さんのはからいで棚の横にイスを置いてくれてしばらくここで書き仕事をする許可ももらった。実際この文章、有隣堂のその席で書いてる。

こんな風に信じられないような歓待を受けたもんでさ、この有隣堂市川コルトンプラザ店は、まず書き手としての俺にとって故郷のような存在になった。

こうしてエッセイストとして旗揚げしたなかで、俺は今でも週五でコルトンに来ては執筆作業に勤しんでる。バーガーキングの前に置いてあるベンチ、GLOBAL WORKに面してるフードコートの席……

そして印税を手にした俺はこういう仕事の合間に、とうとう書店に足繁く通えるようになった。気が向いたら有隣堂にひしめく本棚の合間を練り歩いて、本を感じながら活力を養う。素晴らしい瞬間だね。

俺にとって本屋の良いところは、本と「不純な」関係を築いていける場所だってところなんだ。

図書館は借りたい読みたいと思ったらすぐ借りれるってのがとてもいい。逆に本屋ではそれまでに色々と考えざるを得ない。これを買うのは金額的に無理だとか、今月は本買いすぎたから買うの止めた方がいいだとか、本を前にして色々な思いが浮かんでは消えていく。で、一度は買わないと決めても他をフラフラしてるうちにやっぱ買おう！と考えを翻すなんてこともよくある。

それでレジに行ってお金を払う時に現金出したり、キャッシュレス決済アプリ出したり、領収書書いてもらったりする時のあの何とも言えない感覚ね。他にもさ、俺は例えばブックカバーをつけない派の人間なんだけど、初めて行った本屋ではその店オリジナルのカバーをつけてもらい、かつそこでもらったレシートを栞代わりに挟んでおくんだ。後で見返す時にそこに行った経験を思い出せるからね。こうやって書店ではただ本を読めるだけじゃないのがいいんだ。

それからインタビューをする時や、仕事の打ち合わせをする時にも、俺は仕事相手の人をコルトンプラザや有隣堂に呼んで、千葉ルーがいかなる場所でいかにして執筆されたかを知ってもらい、そうしたうえで仕事をするってなこともやっている。時々はTwitterとかを通じて知り合った読者の人を呼んだりして、この場所で千葉ルーに関して語りあうってなことをしているんだ。

で、仕事相手にしろ読者にしろ、みんなやっぱり本好きなわけだけど、そういう人と会話するにあたって本屋がいいのは、大量の本を前にしながらお喋りができることだよな。

最近どんな本を読んだのか、そもそもどんな本が好きなのか。

こういうものが本好きにとって最も重要な話題なわけでね、こっからこそ様々な話題が花開いていくもんだと俺は思ったりする。この花を育んでくれる最も豊かな大地こそが、俺にとっては本屋なんだよなぁ。

そしてそこにおいちゃ、本を薦めあうっていう行為は大地に肥料を撒くようなことではないかって感じるわけよ。

例えば初詣に一緒に行った稲波さんとは、この有隣堂でも語りあう仲なんだ。会うと毎回有隣堂で喋りまくるんだよ。本を通じて近況を報告するみたいな面もあったりするね。

ある時、俺たちは語学本棚の前に行ったりして、トルコ語のテキストを見ながら「トルコ語って語順が日本語とかなり似ていて面白いし、第二外国語学ぶ時は英語より韓国語やトルコ語の方がよくね?」と話したりしたんだ。そしたら稲波さん、トルコ語を学んでくれるようになって、その経験を色々と共有してくれるようになった。

逆に稲波さんは俺に現代数学について教えてくれるよ。ブルーバックス棚の前で延々喋ってたりしたかと思えば、あと新書棚では思い出の一冊っていう『無限と連続』(遠山啓著、岩波書店)を薦めてくれて、それ買っちゃったよな。カントール、すげえや。

それから結構長い間付き合いのあった Twitter のフォロワーで千葉ルーを読んでくれた人がいたもんで「コルトンの有隣堂で会おう!」と誘い、そこで今までのことを語らいながら本を薦めあったりもした。何と一万円分の図書カード持ってるからと、その分のオススメ本を選出するなんて光栄にも浴したね。

それで俺は例えば『他者と働く「わかりあえなさ」から始める組織論』(宇田川元一著、

News Picks パブリッシング）って本を薦めた。それはビジネス書において戦争の語彙が使われ競い合わされることに疲れた著者が現代思想を学び、他者と協調しあいながら働くことを目指すってのを書いてるんだが、フォロワーさんがフランス現代思想に興味ある人だったから薦めてみたんだ。逆に俺はスヴェトラーナ・アレクシエーヴィチの『戦争は女の顔をしていない』（三浦みどり訳、岩波書店）を薦めてもらったりした。

またある時は、読者さんと児童書コーナーをめぐって『紫式部日記　平安女子のひみつダイアリー』（福田裕子文、KADOKAWA）ってのを見つけた。ちょっと立ち読みして、衝撃を受けたね。だって藤原道長が「ひゃっほう！　未来の天皇となる、赤ちゃんが生まれれば、私の地位をおびやかす者など、もはや、だれもいなくなる！」とか言いだすんだもん。

最初はそのとんでもない勢いに爆笑して、ノリで買っちゃったんだよ。だが後で家で読みながら、他でもないこの今に生きている少女少年たちに『紫式部日記』を読んでもらうには？を考えに考えてできただろう、この努力の結晶たる軽やか文体に感動したのを覚えている。

そうしてから俺はこの本の大ファンになり、自分のやつを人に貸すのは勿論のこと、誰かを有隣堂に連れていった際には、毎回児童書コーナーに赴いて、この『紫式部日記　平安女子のひみつダイアリー』を薦めに薦めまくった。中にはマジで買ってくれる人もいて、そんな時は「ひゃっほう！」って感じだったね。

さっき本屋は本と「不純な」関係を築いていける場所だと言った。この関係性をより不純にしてくれるのが人との会話だって俺は思っているが、その最たるものがオススメって行為なんだ。今まで読もうとも思ってなかったけど、ある人がオススメしてくれて、面白そうなもんだからついつい買っちゃう。逆にこっちが熱烈に薦めるもんだから、相手がオススメ本を買っちゃってほくそ笑んじゃう。こういうちょい軽薄というか軽やかな感じ、コイツは書店でしかできないよな。

図書館は本の本来の目的である「読む」と「情報を獲得する」ってのを最短距離で可能にさせてくれる場だ。だから読みたい本、得たいと思う情報が多すぎる俺にとって本当に有り難いよ。一方で本屋はその「読む」までの道のりがかなりうねっていて、最短距離には程遠い。だけどその道のりを進んでいくことそれ自体が「読む」だとかと同じくらい豊かな旅になる。つまり本屋は読書に色々な要素を混ぜこんで、より大文字の体験にしてくれるんだよ。

そしてもう一つ語りたいのは、俺個人としてもこういう薦めあいの中で成長していくような感覚があるってことだ。

昔は何を話すにしても自分本位で、興味あることや話したいことを一方的にブチ撒けて、それで満足して他人の話は一切聞かない、みたいなとこがあった。

ネットならまだしも、実生活における俺のコミュ力は長い間こんな一方通行なダメさ加減だったが、本屋へと友人や読者の方と一緒に行くようになり、好きな本のオススメだとか読んでる本の紹介に触れるなかで、聞くことの楽しさを知り始めた。

こうなると一方的に話すだけでなく、相手の話を聞く姿勢も少しずつ培われていき、こうして俺はとうとう相互的な「会話」ってやつができるようになった。

それでやっとできるようになったのかよ?と思われそうだが、振り返るなら、普通の人々が自然と身につくことを、俺は自ら学ばないとそれを身につけられなかったってことなんだろう。

だからこそ今、俺はこれまで身につけられなかった「看る」ことだとか、「看己」だとかを意識的に学ぼうとしているって節がある。そして実際、会話ができるようになったってのは俺にとって、少しだとしても人のことを考えられるようになったことでもある。

こうやって本屋は、俺に看るってことをまた教えてくれる場なんだ。


そういうわけでコルトンプラザと、それから市川市中央図書館が隣接していて徒歩五分で行き来できるこの場は、純粋で満ち足りた読書と不純で刺激的、さらには教育的体験っていう、本が提供してくれる二つの大きな楽しみにどこまでも浸れる理想の場なんだ。ぶっちゃけこの市川市で、本の虫たる俺が引きこもりになっちゃう気持ち分かっちゃわない?

ということで読者の皆々様、ぜひとも千葉ルーの聖地であるコルトンプラザ、そして有隣堂に来てくれ。互いに好きな本、オススメしあおう!

はじめての、「マスター、いつもの」
Respect for CITY LIGHT BOOK

俺が初めての本を出した年に、新しい本屋がオープン⁉ 行くっきゃねえ！

そんなことを思ったのは八月のある日、PRタイムズの記事を読んだ時のことだ。何でも渋谷や下北沢にも程近い代々木上原にCITY LIGHT BOOKって独立系の本屋がオープンするらしい。

だが代々木上原……伝え聞くところによるとクソお洒落シティらしい場所に俺みたいな内弁慶の陰キャが行っていいものなのか？ 一瞬そう思ったりもした。

だが「脱引きこもり」においちゃ、とにもかくにも色んなところに行くことこそが重要だ。

ということでケツぶっ叩いて勇気出して、原木中山からいざ代々木上原へ！

もちろん地下鉄内で色々と葛藤はあったわけだが、今回の主眼はそこじゃないんで、一気にすっ飛ばして済東鉄腸、代々木上原に初上陸！

改札を出た途端に、お洒落な花屋にお洒落なスーパーマーケットにと、東京メトロで最弱と名高い原木中山駅に比べると、オシャレ度は半端なく高いように思えた。

駅を出るなり細くしなやかな道筋にカフェや居酒屋が立ち並んでいて、雰囲気が俺にとっては完全にアウェイって感じだった。

そしてお供であるGoogleマップが指し示したのは、傾斜が超キツそうな坂道だった。雰囲気に呑まれてビクビクしてる俺には、それがSASUKEのそり立つ壁、はたまたダゲスタン共和国の山岳地帯、その険しすぎる岩壁にすら思えたよ。

俺は頑張って、その坂道を一歩一歩と踏みしめていった。アキレス腱がブチ伸びていくのを鮮烈に感じたよ。明らかにいつもとは負荷のかかり方が違う。それはもちろん坂の傾斜がキツいのもあるが、しかし精神的な負荷のせいもあっただろう。実際にそこを歩いたのは数秒に過ぎない。それでも一山登ったくらいの達成感があったよ。

そうして俺の眼球が捉えたのは、安藤忠雄の住吉の長屋を思わせるコンクリ打ちっぱなし建築だった。お洒落シティ代々木上原にふさわしいお洒落ビルディングだったね。そして道に面しているガラス張りのお店が、これまた大人っぽい内装のバーでさ、見ただけで生来の陰キャ心が萎縮しちまったよ。

本屋は一体全体どこにあるんだ⁉

ズボンのポケットに手ェ突っこみながらキョロキョロしていると、そのバーの横に奥へと続く細い通路があるのを見つけた。で、そこにCITY LIGHT BOOKと書かれた小さな看板がちょぽんと置かれているのを俺は発見した。それに誘われるまま通路を進んでみて、俺はとうとうCITY LIGHT BOOKを発見したんだった。

ガラス越しに中が見えるわけだが、横のバーに負けず劣らずオシャレ度が高くて、ここまで辿りついたのに緊張で引き返したくなった。

俺にはこういうことが良くあったんだ。美術ギャラリーとか美味しそうな飯を出すレストランとか、ドアの前まで来たのに急に自分が場違いな存在に思えて、入るのが恥ずかしくなりそのまま帰っちゃうってことが。こういう時に俺は本質的に引きこもり野郎って実感するんだよ。

だけど俺は俺自身に言い聞かせたんだ。

おいおい勇気を出せよ！

ルーマニア語で小説家になるとか色々すげぇことやらかしといて、お洒落ショップには入れないとかないだろ！

済東、お前やってみせいや！

そうして俺は、何とか店内に入った。

そこじゃコンクリの冷ややかな感覚と、木棚やそこに詰まった本たちの暖かみが混じりあってさ、心地よい雰囲気が広がっていたんだ。頭でその魅力を理解するとかでなく、心がその雰囲気に一気に惹かれたって感覚があったよ。一瞬にして、シックリきたね。

そっから本棚をじっくり見てみると、ビート世代の作家だったり俺の好きなブコウスキーだったり良きアメリカ文学勢揃いってのが窺えた。他にも最近執心な経済学の本だったり、フェミニズム関連の本だったり、様々な種類の本が置かれているのが目についたよ。いいラインナップだった、
それと同時に、心の底ではあることを思っていた……俺の本ねえかなと。

本を出版した人あるあるとして、本屋に自分の本があるかないか気になって浮き足立っちゃうってのがあるんじゃあないか？　皆さん、どうよ。

で、ある本棚にふと目を向けたら見えたんだよ。

あの濃灰色に白で『千葉からほとんど出ない引きこもりの俺が、一度も海外に行ったことがないままルーマニア語の小説家になった話』と刻まれているあの背表紙が！

一瞬の驚愕の後、俺はその場で涙チョチョ切れちゃうんじゃないかと思うほど感動してしまった。まさかデビューしたての俺の本を、オープンしたての本屋がその最初の本の一冊に選んでくれるなんて！　さらにその横には千葉ルーで取りあげた越境作家グレゴリー・ケズナジャットさんの最新作『開墾地』（講談社）があったのも感動を倍増させた。

感動のあまり、俺はその本棚の前で立ちつくしたり、ポワポワしてその前をフラフラしたりしてしまったよな。その衝動が徐々に収まっていくなかで、何となしに店の奥を見てみる

とそこがバーカウンターみたいになっているのが分かった。メニューもあるっぽく、何か色々飲めるらしかった。

ここでもまた己のケツを叩いて勇気を出して、店主さんのいるカウンターに行ってみた。それで飲み物を頼もうと思う。昼間から酒を飲むのはアレだから辛口ジンジャーエールというものを頼んでみたよ。辛口ってのに惹かれちゃったね。

数分後に出てきたそれを、ちょっと緊張しながら飲んでみるわけなんだけど、一口目からマジに辛くて、喉が一瞬灼けるような感覚すら味わった。ジンジャーエールってやつは味が薄めの淡白な炭酸飲料とばかり思っていたが、実際はこんな刺激的な飲み物だったのかと衝撃とともにその認識を改めたよ。

それを飲みながら、ケツ叩いて捻《ひね》り出した勇気の勢いのままに、店主である神永さんに話しかけてみた。ここニュースサイトで見かけて気になってたんですよ、実は俺も今年に本出してて、それで何か同期やんみたいな親近感を抱いて……

こういうことを喋っていたら、神永さんが「どんな本ですか？」と聞いてくるので、俺は生唾を飲みながらあの本棚の前に行って「この本です！」と言ってみる。

そしたら神永さんは驚きの顔を浮かべるとともに「そうなんですか～」と喜んでくれたんだ。オープンのために選んだ数千冊の中の一冊に俺の本を選んでくれたことに、俺は心から感動しちゃったよな。これは正に運命だってさ。

こんな鮮烈な経験をしちゃったもんだから、俺は定期的に原木中山からはるばる代々木上原へと赴き、このCITY LIGHT BOOKという場所に来るようになった。

一番最初に買った本はリチャード・ブローティガンの『アメリカの鱒釣り』(藤本和子訳、新潮社)だった。ブローティガンって変な小説家だね。神永さんから薦められて、お笑い芸人であるごめたんさんの『39歳の免許合宿 〜ストーリーは自分《てめえ》で創れ〜』(ワニブックス)や『カーシェアグルメドライブ』(教習社)も買ってさ、読んで大笑いしたよ。それからここはZINEも置いているので『53 days』(Yuzu & Kaho)、『SAFER SPACE セーファースペース』(タバブックス)みたいなZINEも買わせていただいた。

それと同時に、俺はこの本屋がバーとしても素晴らしいことに気づいたんだ。本を買わずにバーカウンターでお酒を飲む時もあるんだが、ここはラムコークが旨い。友人たちを連れて「ここ、いいっしょ?」と語る時もあれば、独りでフラッと入って同じくフラッと立ち寄ったって人と話したりする時もある。本当に楽しい経験だ。

本に関しても人に関してもここでは色々な出会いがあってさ、そうしてこのCITY LIGHT BOOKは俺にとって初めての「行きつけのバー」ってやつになった。神永さんに「いつもの」って言うと辛口ジンジャーエールが出てくるようなバーにね。

こっからちょっと俺の抱く「喪失感」ってやつについて話させてくれ。

子供時代、俺は本当に人見知りだった。喋らないというか、あんまり喋れなかった。例えば親とレストランに行ってメニューを決めても、それを自分で店員さんに言うことができない。だから親に頼んでもらうってことをしてた。親ならまだしも他人に喋りかけるのが物凄い恥ずかしいし、言い間違えたりとかしたらどうしようと不安に駆られてあんまり喋れなかったんだ。場面緘黙《かんもく》にも近かったかもしれない。

でも学校とかでは友達を作らなきゃいけないから何とか喋ろうとするわけだけども、そうなると今度は逆にベラッベラ喋りまくるんだった。いわゆるオタクの早口ってやつだね。恥ずかしさや言い間違えの恐怖を振り切るためには、喋り続けるしかなかったんだ。こうなると喋ることに必死になるあまり、会話というものができないんだよな。

つまりコミュニケーションが零か百かの極端なものになってしまうんだよ。これじゃ人と上手く交流できないよな。

幸い中高ではクイズ研究会なんてオタクの集まりに参加してたから、こういうコミュニケーションでも何とかなった。周りも結構同じようなやつが多かったから、むしろ居心地はよかった。勉強は落ちこぼれだったが、中高に関して悪い思い出は意外なほど少ない。

だけどもこの歪なコミュニケーション能力では大学生活に順応できずに、友人もそこまでできなかった。いたにはいたが、深い関係性を築くことができなかった。だから学校生活は視聴覚室で映画を観ているか、図書館で本を読んでいるかみたいに孤独なものだったよ。

この時代、まともにコミュニケーションみたいなのができたのはTwitter上でくらいだった。そこでかけがえのない関係性を手に入れるけども、Twitterって百四十字だし深いこと話しきれないし、自分の人見知りも相まってキチンと交流できなかった後悔がある。

そんなこんなで就活失敗で力尽き引きこもり生活突入なわけだけども、ここにおいてコミュニケーション能力という側面でも俺を救ってくれたのがルーマニア語だった。

二〇一七〜一八年辺りからFacebook上でルーマニアの人と話すようになった。そこで「おはよう、元気？ 俺は今ベッドでゴロゴロしてるよ」みたいな日常会話をするわけだが、こういう短い文章ですらも、文法書を片手にオンライン辞書を引きながら数十分かけて書かざるを得なかったんだ。

引きこもってる間はこれを毎日していたわけで、もちろんルーマニア語力は上がるけども、その過程でコミュニケーション一般についても考えるようになった。

こういうことを言えば相手はこう思うのではないか、こういう言葉にはこういう言葉を返せば相手も喜んでくれるのではないか。ルーマニア語で日常会話を行うなかで、自然とこういうことを考えられるようになったんだ。

で、これができたのは全てがテキストでのやりとりだったからだろう。ネット上じゃ三十分一時間返信が来なくて当たり前で、しかも俺は外国人だからルーマニアの人々は返信を根気強く待ってくれる。数時間どころか、一日、二日すら待ってくれたんだ。

この大いなる余裕のなかで、俺は初めてコミュニケーション能力を基礎から培うことができたと感じている。本当は十代とかで身につけるべき代物だったと思うが、対面での会話じゃ五秒黙ってるだけでも「コイツ、大丈夫か?」と思われるわけで、その早さのなかでコミュニケーションについて学びとるのは、少なくとも俺には無理だった。

この流れで、俺は千葉ルー出版に至る。執筆しながら、出版後にはインタビューだとか読者との交流だとかすげえ沢山やることになるだろうなと戦々恐々だった。でもルーマニア語で頑張って人と交流してきたって経験がデカい自信になった。

ルーマニア語であそこまでできたんだから母語だったらもっと行けるやろ! こっからは母語の日本語使っての応用編の開始じゃ!とルーマニアの皆が背中を押してくれたんだ。

それでエッセイストデビュー後のインタビューもトークショーも読者との交流もこなして、がむしゃらにコミュニケーションをやってくなかで気づいたんだよ。

ああそうか、俺って本当は誰かと沢山コミュニケーションしたかったんだな……

そうなんだよ、俺。本当はコミュニケーションが大好きだったらしいんだ。

今まではコミュニケーション能力があまりにも低すぎたから、いくら頑張っても失敗して「もうウンザリだ、こんなクソ!」と殻にこもっちまい、そのまま引きこもり化してしまった。だがルーマニア語によって能力が改善されたことで、俺は三十年越しにむしろコミュニケーション自体は好きだったとやっと気づけた。

これだから、ある時点からはむしろ積極的にコミュニケーションをしまくるようになって、そうすると新しい友人もどんどんできていくわけだが、その過程で先の認識がさらに一歩先へと進んだんだよ。

俺、今までは自分を陰キャだと思ってたし、陰キャの生き方が性に合ってると思い込んでいた。だけど俺はもしかして……陽キャ寄りの人間だったのかもしれない。少なくとも、本当はずっと陽キャになりたかったのではないか……

これに気づいた時、愕然としちまったよ。まるで少年漫画で、主人公が実は悪側の力を宿していたみたいなドンデン返しを読んじまったような感覚だった。

だが振り返れば、思い当たることは多々ある。子供時代の俺はキチンとコミュニケーションできていなかったとはいえ、百の勢いで誰かにベラッベラ喋りまくっていた。ネット上でもルーマニアの人々にルーマニア語でめちゃくちゃ積極的に話しかけて、英語でも色んな国の人々に喋りかけていた。読者の千葉ルーへの感想を読んでいると「行動力がすごい、引きこもりとは思えない」みたいなのもよく見る。

俺は……俺って一体どんな人間なんだ⁉︎

俺はこの三十年越しの驚愕の後、しばらく自分というものが分からなくなってしまった。

そんななかで、俺はあることを考えることになる。

人間には二つのタイプがいる。行きつけの店で「いつもの」と言うと通じるほどの常連客になりたいタイプの人間と、「いつものですね」という風に店員に自分を認識されるとむしろその店に行かなくなる人間の二種類だ。

世間的に、引きこもりって存在はほぼ後者と思われがちだ。だが前者のタイプの引きこもりもいて、その一人が俺だった気が今はしているんだ。

前者のタイプが引きこもりになると別の悲惨さがあって、俺はその悲惨さと対峙しているのではないかって思えるんだよ。

今さ、本当に喪失感が凄いんだよ。

ある時に友人に連れられて、大学の文化祭に行ったんだ。楽しかったよ、楽しかったんだが、若い人たちがキャッキャ騒いでいる姿を見ていると失われた大学時代を思い出して悲しくなった。だが俺の喪失感の痛みはここで終わらない。

どうしてもさ、今のコミュニケーション能力が当時の自分にあればああいう青春が過ごせたのではないかという「もし」の風景が頭に浮かぶんだよ。だがその能力を手に入れたのが、あまりにも遅すぎた。もうその風景は俺には訪れることはない……そういう感覚に打ちひしがれて、俺は友人たちの前で本気で泣きそうになった。今もそういう文化祭の光景をニュース動画を見るだけで、その喪失感が刺激され落ち着いていられなくなる。

今の俺の頭からは、陽キャの全盛期である二十代を全部浪費しちまったって考えが頭から離れない。そして行動力や思考の柔軟さ、何より基礎体力が落ちていく三十代でその喪失を取り戻そうと足掻いてしまう悲惨な未来を予感してしまうんだ。

俺は確かに端から見れば特異なことをしたかもしれない。だがそれを達成するためにあまりに多くのことを失ってしまったという大きな虚無感がある。その多くは「生きる」を優先しすぎたがゆえに「生活する」をおざなりにした結果なんだろう。

この喪失感に俺はただただ打ちひしがれている。

一体どうすればいいのか?と途方に暮れている。


そんな喪失感を抱える俺を、いつも優しく迎えいれてくれるのがCITY LIGHT BOOKなんだ。

まさか俺は千葉県市川市から遠く離れた代々木上原って場所に、傷ついた心を癒やしてくれる灯りを見つけられるとは思いもしなかった。

あの運命的な出会いから常連として足繁くここに通うなかで、去年の十一月なんかはとうとう一日店長までやらせていただけることになったよ。「鉄腸の頭ンなか」と題して百冊の選書を取り揃えてもらい、それを前に読者の方々と交流したりしたよ。友人たちも訪ねてきてくれて、本当に嬉しかったよ。

俺は……あの若い青春を謳歌するには、コミュニケーション能力を手に入れたのが遅すぎたって思う。

だがそれと同時に……「遅れてきた青春」ってやつは存在するんだろうか？

この文章を書いている正に今だってあの喪失感に打ちひしがれながらも、俺はこれがあると信じたいって気持ちだ。

そういうなけなしの希望を抱かせてくれるのは、俺にとって初めての「行きつけのバー」であるこのＣＩＴＹ ＬＩＧＨＴ ＢＯＯＫのおかげだ。

店主の神永さん、そしてここで出会った全ての人に感謝を捧ぐ。

ありがとう。

はじめての、実践的トイレ考
Respect for ニッケコルトンプラザのトイレ

二階、トイザらスとセリアの前。
二階、ＫＡＬＤＩを抜けての階段の奥。
三階、有隣堂の旅行本棚の横。

こりゃ一体何を示してるのかって、ニッケコルトンプラザのトイレの位置なんですわ。俺はコルトンのトイレの場所は、少なくとも二階と三階に関してはほぼ把握している。というのはクローン病が消化器の難病ってわけで、腹痛と下痢は日常の一部と化しちゃったから、日々ここに通ううちに自然と覚えちまった。

さらに物が好きに喰えなくなったから代わりにコーラやらお茶やら大量に飲むようになり、ここに頻尿野郎が爆誕した。そもそも動物は排泄から逃れられやしないが、それ以上の意味で俺はトイレと一蓮托生くらいの勢いだ。

で、今はクローン病も寛解状態なのでトイレへは下痢よりもおしっこで行く方が断然多くなってしまい、俺は小便器のお世話になりまくっていた。

だが小便器との距離が近くなるなかで思うのは、あの妙に細長い、浅めの棺桶みたいな形状は股間にとって心許ないんじゃないかってことだ。もう単純に、排尿している時にペニスが隠せているか否かが気になっている。

というか、意識的に小便器の奥まで踏みこんでいかないと横から見える。実際、少なくない人が意識的に踏みこまないのでちょっと視線を横にずらすだけでマジに見える、螺旋を描く水流まで見える。横に子供が並んだ時なんか、彼らは特に周りに見えても構いやしないとばかりに出すので、正直居心地が悪くなる。

ここで俺が思い出すのは、Twitterで見掛けた、安藤由紀執筆の『いいタッチわるいタッチ』（復刊ドットコム）という絵本だ。これは性的虐待という難しいテーマを子供に伝えるための絵本であり、例えば「くちと　みずぎでかくれるばしょはじぶんだけの　たいせつな　ばしょ。さわっていいのは　じぶんだけなの。」という言葉はとても印象的だ。学校における性教育でも教えられるべきものであり、大人になった後にもこの教えは尊重し尊重されなければいけないものだろう。

だが、この大事な教えと小便器の形状は明らかに対立していると俺には思えてならない。

自身の大事な部分を周囲の他人に簡単に露わにさせる、みずから進んでぞんざいに扱わせるような形状になってると思うわけだ。

　俺も含めて世の小便器を使っている人々はこれを当然と思っているんじゃないか。しかし毎日の排泄を意識的にやらざるを得なくなった俺は今、かなり多くの人が明らかに良くないことしてるのに「いやみんな普通にやってるから」の名の下に思考停止しているんじゃないかって思えてきていた。

　何かこういうのを思うと、男性が自分の肉体を看るなんてことをやらずテキトーに扱うのは自然なことなんじゃあないかと思い始める。肌を看るのを怠ることから、俺みたいに病気が酷くなるまで病院に行かないってのまで問題は根深い。

　そしてコイツは、ひいては他者の肉体、特に女性の肉体を乱暴に扱うなんてことに繫がるんだろう。性暴力の軽視だったり、被害者への二次加害だったりね。自分の肉体を大切にできない人が、他人の肉体を大切に扱えるわけがないってわけだ。

　で、じゃあこの状況に対してどうすればいいか？

　ここで俺が考えついたのが、もう既に多くの人がやってるとは思うんだが、排尿する時も小便器ではなく個室トイレを使ってみるということだった。ここだったら全部人から隠しながら排泄ができるわけでね。

　これなんかは思い立ったが吉日も吉日、尿意を催した後に早速、俺は個室トイレに入ってみた。

俺はクローン病のせいで頻繁に個室を使ってたから、公衆トイレの便器に座るのにはクソほど慣れている。しかもコルトンのトイレは超キレイだから、一切の忌避感も抱かない。この場を借りて、清掃員の皆さんに感謝を捧ぐ。

おかしなことは何もない……はずなんだが、公共トイレの個室でおしっこを、おしっこだけをしようとする自分を意識すると妙な違和感がある。

いつもと違うことをしようとするがゆえの違和感、そして何かから逸脱しているのを感じる時のあの違和感。それでもズボンを脱いで便器に座るんなら、この四方の壁のおかげで排尿を見られることはないと思えるので、少し安心感があったんだ。

で、全部済ませた後、小便器を使ってる時のクセでさっさと個室出ようとしちゃったんだが、ここじゃもちろんズボンをキチンと穿き直す必要があった。これをやってる時に、何故か焦りすら感じたんだよ。振り返れば小便器を使ってる時なんか即チャック下げて、即排尿して、即チャック上げて、即手を洗ってトイレを出ていくなんて早さだけ考えてやってた。その早さは、誰かと出掛けている際に公共トイレに行って帰ってくると「えっ、早くない？」と言われるほどだ。だから焦りすら感じたわけだ。

だがズボンを穿くために色々ガチャガチャやって、小便器使ってた時の俺から見りゃ時間の浪費としか思えない行為をやってると、しかし今までの俺は慌てすぎちゃいなかったか？

とふと思えたんだ。

排尿ってのはバカにされがちだが、生命維持において重要な行為であり、しかもこれをやる時には性器って繊細な器官を取り扱わざるを得ない。排尿ひいては排泄、これは人の尊厳に関わる行為なんだ。

こういう意味で排尿はもっとゆっくりと、慎重にやってもいい。少なくとも慌ててササッとやるべきものではない。

個室のなかで「尊厳」という言葉に辿りついた俺は、それから頻繁に個室を使うようになった。その時はズボンを脱ぎ、便器に座るというのをゆっくり、じっくりと行う。そして排尿してから、少しの間だけ便器に座ったままでホッと息をつく。この俺なりのマインドフルネスってやつ、なかなか悪くない時間だ。己の尊厳ってやつに向き合ってる気分になるよ。

こうして個室でゆっくりと余裕を持って排尿するという経験を重ねていくうち、思うことがあった。もっと公共の男子トイレでも個室で排尿する習慣がついてもいいいってことだ。

だが事態はそう単純じゃあないだろう。

例えば全部が個室の女子トイレは長い列ができまくっているのを見掛ける。個室は時間がかかり、小便器は回転率がいい。形状からしてもそれは明らかだ。だから個室を使う人が男子トイレで増えるとこういう事態になり、結局早くしたいからと小便器に戻っていかざるを得ないだろう。

ここにおいて、皆が余裕を持ってトイレできるための抜本的な改革が必要だと思うよ。

つきましては駅やショッピングモールなどの公共の施設の施主の皆様方にお願いしたい。ぜひともトイレの面積を広くし、かつ数も増やしてほしいと。

トイレってのはその役割ゆえに侮られやすい。だがここそが人間の尊厳が関わる最前の場であるから力を入れてほしいって思うよ。そしてそこには清掃員の雇用増進と雇用条件の改善も必要だと思っている。彼らがいてこそ、俺も汚れを気にせず個室を使えるわけでね。

もちろんそう簡単なことではないが、それでも最低でも小便器の間に仕切りをつけてほしい、下北沢駅とかイオンシネマ市川妙典みたいにさ。

しかしまた一方で、安全という面でもとても難しい状況がある。トイレの立地を悪用しレイプや盗撮などを行う存在のせいで恐怖を煽り、TERFである人々にはこの安全面への不安からトランス差別に走る人も多いと思う。さらに親御さんのなかにも自分の子供がここで厭な目に合わないかと警戒する人もまた多いだろう。

ここでするべきは、公共トイレで犯罪を犯す存在に対してそういった卑劣な行為はやめろと訴えていくことだろう。

俺としては、俺が個室トイレでおしっこをする時に味わうような小さな安心感を、より多くの人が味わえるような環境や社会があってほしいと思うよ。

公共トイレをめぐる現状を鑑みるなら、これは現実味のない綺麗事だと批判されるかもしれない。その安心はお前みたいな多数派男性だからこそ味わえる特権だと言われてもおかしくないだろう。

これは全く正当な批判だろう。だが……俺は、だからこそ毅然と綺麗事を言っていかないといけないという思いをも抱いてるんだ。特権と、それがゆえに様々なことを気にしなくていい余裕を持つやつの責任として、理想を語ったり追求することをやってかないといけないってね。代表者ヅラはしちゃあいけないが、自分のできることをよりマシな社会のためにやってかなくちゃいけないと思うよ。

で、こういうことについて考えた後、俺は実際にあの絵本『いいタッチわるいタッチ』を読んでみたんだ。これは子供に親しみやすい絵本形式で自分の体を大切に扱うことの重要さを伝えているんだ。

「じぶんのこころは　じぶんのもの、じぶんのからだも　じぶんのもの。」なんていう大人でも忘れがちな言葉がまっすぐ書かれていて胸を打つんだ。

ここにおいてタッチは人から人に対するものなんだが、自分から自分に対するタッチにおいてもある程度は適用してもいいんじゃないかと思った。

この本は「わるいタッチ」についてこう書いている。

わるいタッチは　どんなきもち？
いたい
こわい
はらがたつ
くやしい
おなじことを　だれかに　したくなる。
それは、わるいタッチをするひとが
あなたを　だいじに　おもっていないから。

何というかさ、俺は小便器は自分をこういう「わるいタッチ」に導くものであるような気がしてるんだよ。周りに自分のもの見られたってどうでもいいって感じに追いこむ小便器は、巡りめぐって男性に自身や他人の肉体をぞんざいに扱わせるんじゃないだろうかって。

もちろん今後これを一切使わないということはないだろう。さっきだって漏れそうになって、勢いで小便器を使ったりしたし、個室が空いてなかったらわざわざ別のトイレを探す前に小便器でしたりするだろう。だがこれからは、色々と意識しながら小便器を使っていきたいと思ってる。

俺は排泄においても「いいタッチ」を心掛けていきたいんだ。
本はそれについてこう書いている。

いいタッチは　どんなきもち？
きもちいい
うれしい
あったかい
ほっとする
あいてのひとを　すきになる。
あいてのひとに　やさしくしたい。
それは、いいタッチをするひとが、
あなたを　だいじに　おもっているから。

そう、これだ、これを俺自身にやっていきたいわけなんだ。
ここじゃトイレ関連に話を絞るが、例えば排尿する時にペニスを持ったり、うんこした後にお尻を拭くとかみたいな行為に関して、下らないだとか汚いだとか思うんでなく、自分の肉体をきちんと大事にしようという思いながらやっていきたいんだよ。これは俺自身の尊厳に触れる行為なんだと。

この「いいタッチ」ってのはそのまま看るひいては看己に繋がるのではないかと、今はそう感じてる。

もし、もしだ、これを読んで、こんな俺の行動をバカにせず「もしかするなら……」と真剣に考えてくれる人が一人でも多く現れてくれればいいなと、そう願うよ。


これを続ける最中の、ある日のことだ。

いつものように個室でホッと一息ついてから、ゆったりと立ち上がる。

余裕を持ってズボンを穿いて、少しだって急ぐことはなしに俺は個室を出ていく。

そして手洗い場に行き、数秒ビャッビャと手先だけを洗ってから、そのズボンを手で拭きながら、清々しい気分で公衆トイレを出ていく……

ある時に、いやこれは何かがおかしいぞと思ったんだ。

そう、明らかに手洗いの仕方がよくない！

こんな手の洗い方じゃ、個室で自分のペニスをキチンと扱ったとて、肉体自体をぞんざいに扱ってるのは変わりがないじゃあないか。

俺が思い出したのは田中玲の『トランスジェンダー・フェミニズム』（インパクト出版会）って本だった。これは自身もトランスジェンダーである著者がクィアコミュニティとフェミニストの共闘を目指して書いたエッセイ集で、約二十年前の本だが今においてもこっから学ぶべきことが多くあるって本だ。でここに、性別移行をして男子トイレに入り始めて驚いたことが男性陣が手をちゃんと洗わないということだってくだりがあったんだ。

これにはあまりに覚えがありすぎて、本から一瞬目を背けるほどだった。コロナ禍以降ですら手を洗わずに出ていくやつを目撃するのはもちろんだが、俺自身が手洗いに関しては一番何かテキトーにやってたんだ。数秒間だけ、しかも指先だけ。さらにズボンで拭いて、ハンカチは持たないってな感じでね。田中が批判する存在、俺は正にそれだった。

で、こうちゃんと自覚したからにはちゃんと手を洗おうと思うのだが、ビャッビャと雑に洗うのが俺の行動規範に染みつきすぎて、強めに意識してないとついつい数秒だけ洗ってズボンで拭いて終わりにしたがるんだよな。意識したなら一応長めにやるんだけども、気がつきゃテキトー洗いに逆戻りしてることに気づいて愕然としちゃうよ。これはもう抜本的に俺の行動を見直さなきゃ直せねえなと思った次第だ。

ちゃんと30秒間手洗いをしてみよう！

その最中に、俺はテレビでこんなことを謳うCMを見た。読者諸氏はどう思うか分からんが、俺なんかは三十秒とか今までの数倍なわけで長すぎだろと思った。だがこれくらい極端な形で手洗いに取り組み直さないと習慣は変えられないんじゃないかとも思ったわけよ。これくらいできなきゃ、田中に「そうか、君もそういうやつなんだな」と幻滅されそうだった。

これに関してはマジで思い立ったが吉日とばかり、速攻で取り組んでみた。

まず手先を洗い、手のひらを洗い、手の甲を洗い、指の間を洗い……意識すれば洗うべき場所は多いことに気づく。だがビャッビャとやる癖のせいで、すぐに洗い終えてしまい、仕方ないので洗った部分を再度洗い直していく。

そうやりながら口で三十秒数えるわけだが、この時くらい三十秒を長く感じることは久しくなかった。時間が、指で摘んだ噛みかけのガムみたいに引き延ばされていくような感覚だ。おいおいこれ、引きこもってた時の時間感覚そっくりじゃねえか！

手を綺麗にするため手洗いをするんじゃなくて、手洗いをやるために手洗いをしているようで、ひたすらに不毛さを感じたよ。ここで俺は手洗いのやり方を完全に間違っていると直感したが、じゃあ何が間違ってるのかは全然分かんなかった。

さらにもう一つの障壁が明らかになった、それは洗った後の手をズボンで拭きがちなこと！

これはひとえに自分がハンカチを持ち歩かないことが原因だったわけだが、ここに関しちゃ手洗いチャレンジとはまた別枠で俺も色々やってた。五月のある日、俺は件の親友である稲波さんとともにコルトンプラザのタオル美術館ってお店に赴いた。ここで母の日のプレゼントを買おうとしてたんだよ。印税でまず何を買おうかと考えた時に、シンプルにハンカチを買おうってそう考えついたわけだね。

で、稲波さんとどんなものがいいか語りあいながら、プレゼント用だけじゃなく自分のやつも買おうと思いついた。そこで俺は薄めの生地をした水色のハンカチと、モポモポした触感がたまらない分厚めのハンカチの二枚を買ったんだった。

自分でハンカチ買ったぜ！　これで全部解決や！

……と行けばいいものの、そうは問屋が卸さねえ！

最初はキチンと持ち歩いて手を拭いたりしていたが、元々ハンカチを持っていく習慣がなかったので、じきに持ち歩かなくなってしまった。だから手をしっかり洗ったとて、ズボンで手を拭いてぶっちゃけ台無しみたいな状況が続いていた。そしてどこかの時点で、結局ズボンで手を拭くのに三十秒洗うみたいなことしても意味ないだろと、またビャッビャ洗いに戻っちまった。

こうして俺の手洗いチャレンジはかなり不毛な膠着状態に陥っていた。

そんなある日、己を律して再び手洗いを三十秒やろうとしていた時のことだ。

何故かこの時は視線が手洗い場全体に移ろった。それで鏡にポスターが貼ってあることに気づいたんだ。そこには子供向けに手洗いのやり方が懇切丁寧に書いてある。

以前の俺ならこれを子供向けとどっかバカにしちゃって見向きすらしなかっただろうが、しかし『おしりたんてい』（トロル作、ポプラ社）であるとか『いいタッチわるいタッチ』であるとか子供たちのために作られるものにも、経済学の教科書と同じく叡智《えいち》が宿っていることを再認識し始めていた。

だからこのポスターなどに書かれていることをバカにせず、キチンと実践していこうと思ったんだ。

手の甲や指の間などはモミモミと揉むように優しめに洗っていく。

指の一つ一つや手首は逆の手で指を摑みキンギョソウの花を描くみたいにクルクルと洗う。

そして手のひらは入念にゴシゴシと洗っていく。

ポスターやその他手洗い指南に従って手洗いをしていくことで、その精度を上げていくなんて試みをしばらく頑張った。この指南を意識的に丹念な形でやろうとすると、三十秒ってのは意外なまでにすぐ過ぎていくんだ。

で、これをやった後には自分で買ってきたあのハンカチでゆっくりと自分の手を拭いていく。そもそもの話、俺は皮膚が弱いんで、キチンと水分を拭き取った方がいいってのがあった。それにもかかわらず「別に自分の体なんかぞんざいに扱えばいいやん、その方が何か男らしいやろ」みたいな小便器の呪いがあり、ズボンでテキトーに拭く日々がずっと続いていた。

だが今、これじゃあダメなんだ、根本の部分で俺を変えていかなくちゃならないってことに気づいた。こういう己を傷つける男らしさを組み換え、それをよりマシなものへと作り変えていかなきゃダメなんだ。

こうして俺はトイレに行くたび、排泄それ自体にだけでなく、意識的に時間をかけて手洗いもしっかりとやっていくようになった。

そして指南に従って、何度も何度も自分の手を洗っていくことで、何となくここの部分はこういう風に洗った方がいいというのを理論でなく心で理解していくんだよな。すると三十秒が苦ではなくなっていく。

この感覚は何だか「いいタッチ」ってやつのように思えた。

自分を大事に思うからこそのタッチがここにおいて少しずつできてきているような気がしたんだ。

そうやって入念に手を洗う俺を嘲笑うかのように、手先だけビャッビャ洗って全て終わりにする男性を、正直頻繁に見かけた。

そんなんだと俺は何をこんなにも律儀に手なんか洗ってるんだと思ってしまう時、あるよな。時々は実際にビャッビャ洗いに戻ってしまった時だってある。

だが俺を引き戻すかのように、あの田中玲の視線が俺の背中を貫いてくる時も、確かにあったんだ。そうすると、また地道にちゃんと手を洗っていこうって気になる。するとその行動に呼応するってみたいに、石鹼までつけてかなり念入りに俺より長く手洗いをするって男性が隣に現れたりする。その姿を見ながらさ、何か勝手に連帯感を抱いてしまうなんてのは、ビャッビャ洗いの男に遭遇するのと同じくらいよくあったよ。

これと同時に、念入りに洗った手をハンカチで念入りに拭いていくことも続けていくわけなんだけども、皮膚の水分をゆっくりと拭っていくと手に艶が出てきて、さらにその奥底から熱が湧きあがってくる感覚があるんだよ。

そうなるとこう、かなりの直球さで以て、己の身体を労っているような気分になる。そんでもって綺麗になった手をじっと見ていると自分の指に対してこんな比喩が浮かんでくるんだよ、「白アスパラガス」っていうさ。おいおいコイツはどうしたことだ。「綺麗な指」を形容する比喩表現を俺自身のそれに使うなんて、さすがに自己愛炸裂させすぎか？

だが千葉ルーに関してあのサイゾーからインタビューを受けた時、あの本における自己愛の肯定はギャルみたいだったと言われたんだ。そう喩えられたのはマジに初めてだったので今でも覚えてるほど印象に残ってる。自画自賛 like a gal だ！

この手洗いチャレンジ、少なくともこの文章を書いている二月時点では何とかずっと続けている。まあ、めっちゃおしっこしたい時には小便器でしちゃったり、急いでるからって十五秒手洗いにしちゃったりする時も確かにある。貫徹はできていない。それでも俺としてはゆるい形ではあるが、結構続けられている。

そしてこういうことを続けることで、全体的に排泄ってやつをゆっくりと余裕を持ってやることができるようになったんだ。未だ途上ではあるが、クローン病もあっておざなりになっていた排泄との関係を少しだけ改善できているかもしれないって、俺はちょっと思っている。

だが同時に気づき始めていることもある。動物は一生こういう行為を繰り返していくわけだけども、この生きる限り永遠に続く繰り返しってやつこそが「生活」ということにね。そして俺が「生活」が心の底からキライな理由がこれなんだ。

今、俺はこの「生活」のスタートラインに立ったに過ぎない。

目の前に見える遥かなる旅路、やっぱり不安だね。

だが何にしろ、今の俺がやれることをやっていくしかない。

ということで、俺は有隣堂ニッケコルトンプラザ店にあるトイレ、行ってくるよ。

はじめての、チン毛看

Respect for 思い出せないあの詩

俺は不満なんだ、ケツだったり股間周りについての話は全部下ネタ扱いされることにさ。特に何でもかんでも性に紐づけられて語られるってのが気に喰わない。例えばケツなんか性的魅力の象徴だとかアナルセックスがどうとかさ、全部セックス関連になっちまう。

とはいえケツはまだマシで、ペニスやヴァギナなんかはとにかくにも性的に取り扱われてさ、つうか総称が「性器」ってわけでもう性に呪縛されてる印象すらある。

俺なんかはペニスを持っているわけだが、ペニスといえば「男性」の象徴として扱われる、というかそうとしか扱われないだろう。「男根」ってわけだよな。

そして固くて長いものは何でもかんでも「男根」や「ファルス」の象徴とか言われて、結局は全部「男性」に至る。

で、逆にヴァギナは「女性」の象徴として扱われるわけだが、形状の似ている貝や果物の断面が広告で使われて、性をほのめかしている……なんてのはまさしく陳腐な常套句と化している。こういうのを見るたびに想像力の敗北ってやつを感じるよ。

こんな社会で「ペニス＝男性」だとか「ヴァギナ＝女性」なんて価値観がさらに強固になったおかげで、ペニスのある体を持つ存在は「身体男性」なんていう修辞ができあがり、トランス当事者への差別に利用される。

こういうのはいたずらにペニスを男性に紐づけて語ったり、下ネタという形で笑いの種にしてきた結果に思えるんだ。俺にも覚えがありすぎるから申し訳なくなるとともに、こういうのはいい加減に変えていくべきだなと思うわけよ。


それからペニスに関しちゃ、特に多数派男性がそれを「男らしさ」の象徴として見なしすぎるがゆえに自分の首を絞めることにもなっているのでは？とか思ったりする時がある。

こういうの、特に勃起への固執に表れてんなって感じるんだ。

日本において勃起不全を改善するバイアグラ承認の早さはピル承認の遅さと比べられて女性の差別の一つと語られる。

これは、俺としては男性への重荷でもあるんじゃないかと思ってるんだ。

つまり「男性のペニスは生涯勃起しているべきだ」とか「ペニスが勃起していないと男らしくない」という社会通念が男性に危機感を抱かせ、それゆえにバイアグラ承認が異様に早かったのでは?と勘繰ってしまうんだよ。

よく「生涯現役」なんて言葉が叫ばれる。だがこいつはよく考えんなら、老いという自然な成り行きに反して若い頃と同じように体を酷使し続けることであり、これを是とする価値観だ。

それって正に「セルフネグレクト」ってやつじゃあないだろうか?

バイアグラ承認の異様な早さは、むしろ男性性中毒を促進させ男性の健康を損なう恐れがあるという意味で、かなり危うい男性差別の発露だと感じている。

ピル導入などリプロダクティブ・ヘルス環境の改善をサポートするとともに、男性は男性でこういう「生涯現役」みたいな価値観の解体を目指していくことも必要なんだ。自分のケツは自分で拭くってわけだよな。

さらにこいつはセックス観の狭さだって象徴しているかもしれない。

俺の考えでは、ペニスやヴァギナは最初「生殖器」としての役割だけを果たしていたが、人間がセックスを快楽のために行いだしてから「性器」として性別を象徴するようになってきたと思える。

だがこの流れにおいて、セックスは性器を使って行うものだって挿入主義が形成されてきてしまった。そして未だに人間はこれにセックスを支配され続けてんだよ。

でこの挿入主義的セックスにおいちゃ、ペニスをヴァギナに挿入するために勃起させることが肝要だから、勃起はセックスにおける最低条件の一つとならざるを得ない。普通に勃起する時は特に支障はないだろうが、老いにしろ精神的な理由にしろ勃起しなくなるなんて状態は多々起こる。

俺含めてどれほどのやつが、そういう人々がバカにされたり、時には非難されるのを様々なメディアで見てきたか！　さらに自分が当事者になったって人も少なくないはずだ。そういう人の心の傷は想像に余りあるよ。「沽券に関わる」みたいな言葉でその痛みに塩を塗るやつも男女かかわらず多い。

こういう挿入主義はマジに不毛だ、誰にとっても。マジに変えていくべきだと俺は思ってるんだよ。

俺としてはもっと身体中の色々な部位を使ってセックスを探求することが行われてもいい。道具を使ってみるのもアリだろう。というかそんな探求をしている人々は既に沢山いるはずだ。

だが未だに世界は挿入主義に支配され、そこには必然的に勃起への執着が存在してしまう。俺は何とかしてこの執着を徐々にでも和らげていかないと、少なくない男性やペニスを持つ人々が苦しみ続けるだろうという危機感を抱いてるんだよ。

俺がこういう考えに辿りついたのは、俺自身がペニスをそこまで性的な行為において使っていなかったからだ。

引きこもりだったもんで恋愛やセックスにはほとほと縁がなく、まあオナニーには使うんだが、俺はそれ以上にペニスをおしっこばっかに使ってるんだよ。

特にクローン病のせいで自由に食事ができなくなって以降、俺はコーラやらお茶やら飲み物を前よりもいっそう飲むようになっちまった。家でも執筆場所であるコルトンプラザや図書館でもトイレに行きまくる頻尿野郎と化した。

腎臓と膀胱は常にフル稼働、そんな俺にとってペニスは何よりも排泄器として超重要なんだな。

それに勃起という現象とも距離がある。鬱になって薬飲んでた時期はそう短くなく、副作用で勃起不全になっていたりもしたんだが、その影響で未だに勃ちが悪いわけね。

だがそういう状態で勃起について観察していると、こいつはセックスだったり性的興奮の枠に収まる現象じゃあないと分かってきたんだ。

朝に起きたら何故だか自然と勃起しているという、いわゆる朝勃ちはちょいちょい起こったりする。執筆が一段落してちょっとしたストレッチをやっていたら、その解放感からか自然と勃起するというのもよくある。学校で授業が終わったら何故か勃起するなんて経験はペニス持ってる人あるあるだろうが、こいつは多分似た現象だ。

そっからズボンのなかで収まりが悪くなり、人目を気にしながらチンポジを整えるということもやる。

俺と勃起の付き合い方はこんな感じなんだ。だからペニスそれ自体にしろ勃起にしろ、これは別にセックスだけに使うわけではない、より日常的に付き合っている肉体の部位だったり生理的な現象なんだよ。ペニスは鼻とか腕とか肩とかと、存在感としてはそこまで変わらないんだ。

だが男性学の議論においては、ペニスなんかはセックスの時にばかり際立つ、というか勃起してない時以外はペニスなんて存在していないように扱われているとすら思える。こういうのは先述した「ペニスは男性の象徴」だとか「勃起への固執」みたいな価値観が根底にあるんじゃあなかろうか。

議論においてこうした価値観を表だっては否定しているんだが、思考は結局そこから逃れられていない気がするんだよ。

俺にとっちゃペニスは性愛を抱く相手、俺にとっては女性を前にして初めて、それこそ勃起するみたいに際立つものじゃあない。目とか腕とか股関節とか、そういうものと同じように日常において厳然と存在する肉体の部位の一つなんだ。

だからここじゃそんな男性学の議論の外で、より俺自身の日常に根づいた形でペニスについて語りたいんだ。

そこで思い出すのが、ある詩なんだ。俺はそれを読んだ時の感覚を明確に思い出せるのに、どこに書いてあったかをもはや思い出せない名もなき詩だ。

そこでは日常の何気ない風景が語られていくんだ。道路とか、晴れた空とかそういう何の変哲もない風景の数々ね。

なのに何故かいきなり、勃起したペニスが道端から生えているという描写が現れるんだよな。

でもマジにそれは人が歩いているだとか、太陽が空で輝いているだとか、花が風に揺れているだとか並列に語られていて、ことさら目立つわけでもない。

だけどそこなんだよ。この詩を読んだ時に衝撃を受けたのは、今までペニスについてセックスとか下ネタ的にしか語られているのを見たことがないなかで、こんなちょうどいい距離感で、しかも何の変哲もない日常のなかでこそペニスが語られていたからなんだ。

未だにあの路傍の花のように穏やかに揺れる勃起したペニスが頭に浮かぶんだよ。そのたびにとても微笑ましくなる。

俺はこういう風にこそ、今ペニスが書きたいと思っている。

その一歩目として描くテーマこそが……チン毛ケア、いやチン毛看なんだ。

俺は下半身がめちゃくちゃ毛深い。正にボボボーボ・ボーボボなんだ。すね毛が濃いというのは割かしよくあるが、俺の場合はもも毛がマジに凄まじくて、これを見ているとBUCK-TICK屈指の名アルバムの名である『darker than darkness』が思い浮かぶ、つまりは「闇よりも暗黒」ってわけだな。

高校ではこのもも毛の濃さから、学校の七不思議の一つとして語られていたこともあったとか、なかったとかだ。

そしてももと股間は繋がっているわけで、ここに負けず劣らずチン毛もマジにボオボオなんだよ。ボオボオに過ぎて勃起していないペニスはチン毛という名の熱帯雨林に常時隠れているような状態にある。

じゃあ逆に勃起している様はどうなのかと言えば、それを見ながら思い出すのは『トレマーズ』っていうB級モンスター映画に出てくる巨大なミミズ型怪獣グラボイドの姿なんだ。こいつは地中を高速で移動しながら、獲物を捕らえる際には地上から顔を出すんだ。で、そうして現れる時、その勢いで地上が爆ぜるかの如く周囲から砂煙が噴出するんだけども、グラボイドがペニスそれ自体とするなら(別にそこまでデカいというわけじゃあないよ!)、周囲に立ちこめる砂煙をもしペンキで真っ黒に染めたなら、それが俺のチン毛の暴れ具合って感じやね。

それくらいチン毛は鬱蒼として暴虐の限りを尽くしていて、長年これをどう処理していいものか考えあぐねてきたんだ。

まあそのほとんどの期間が途方に暮れての放置ではあったんだが、どっかで「これは剃らなくちゃヤバいんじゃないか？」と謎の強迫観念に突き動かされたこともあった。その時は、だけどもネットで調べるのも気恥ずかしさを覚えて、ヒゲ剃りを使って豪快に全剃りをした。

これは毛に対しても皮膚に対しても看るって気遣いが一切ない、ブルドーザーで全破壊って勢いの剃毛でただでさえヤバいんだが、問題は俺のチン毛が有刺鉄線さながら固くて、剃るのに死ぬほど苦労したってことだ。

それで強引に剃り切ったとて、剃り跡がエゲツないくらいのチクチクぶりで股間どころか、脳髄にチクチクと無数の細い針を刺されているような不快感を覚えた。歩くにも支障が出たほどだよ。

で、もうあまりに面倒臭すぎて放置を続けざるを得ず、そのまま三十年もの時が過ぎてしまったわけよ。

どんだけセルフネグレクト歴＝年齢なんだよって感じだが、俺自身もこれを何とかしないとアカンという思いは常に抱いていた。そして千葉ルーを出版してから、この姿勢を変えようと少し意識的にもなっていた。

そんなある日、朝起きてからいつものように洗面所に行ったら、そこにある棚の上に小さなハサミが置いてあったんだ。銀色の、ステンレスって感じのミニハサミだよ。それを見て、俺はハッとなったんだ。

おい、チン毛はヒゲ剃りじゃあなくてこのミニハサミを使って処理すればいいんじゃあないか……

今の今までこんな簡単なことにすら気づけなかったところに、俺がいかに生活というものを疎《おろそ》かにしてきたかってのが表れてはいる。

が、それはそれとしても俺にとっては大発見だった。ここで恥ずかしがって躊躇うとそのまま時が経ってしまうと思った俺は、その足で近くの百円ショップに行ってミニハサミを買ったんだった。

で、買ってからチン毛処理法をネットで調べるんだけども、女性向けのアンダーヘア処理指南記事や動画は割かし多く出てきて、様々な方法が紹介されているんだが、男性のそれは意外なほど多くない。

出てきても「街の女性は男性のアンダーヘアをどう見ているの？」とか「女性が求める男性の毛量は？」とか「メンズのモテるVラインの残しかたは？」とか、おいおいここでも女性の視点かよ？と鼻白まざるを得ないものばっかがヒットした。

どれだけ女性からいかに見られるかを男性に気にさせるんだ？とウンザリしたよな。女性が「男性の目を気にしろ！」みたいに日々言われているものの逆バージョンって感じだ。

こういうのを女性に言って醜さへの恐怖を煽り、美容品の購買意欲を煽るってのが許容されなくなってきたから、今度は目標を男性にしてやってんのか？　お前らそこまでview数や金を稼ぎたいのか？と厭味なことも思ったりもしたよ。

そうでなくても「ＶＩＯ処理　男性の脱毛処理中、Ｈな気持ちになる？」と女性の看護士に聞くものもあったり、こういうのは性差別的だよな。色々と訓練してきた看る ことのプロに失礼だろとも思ったよ。

こういうのに触れていると、これで変な価値観を学んでしまうとむしろヤバいから、とにかく一回刈ってみろ！という気分にならざるを得なかった。なので駆けこむがごとくトイレに行き、ズボンを脱いで便器に座ったわけさ。

改めて自分のチン毛を見ると、もも毛も含めて確かに七不思議になるくらいにはボウボウだわと思ったりしたよ。

だがこれで躊躇うとダメだ。俺は情けなしに速攻でチン毛を摘まみ、さらに伸ばしてからその根本から何ミリのところへ刃先を当てたんだ。ここじゃさすがに一瞬は躊躇った、ビビりましたよ。

だが俺は、行ったれ！と手を握りしめて、そうしたらジョリリリと音を立てながら毛が切れていったんだよ。そして切り終わるなら、最後には俺の指は縮れ毛の束を摘まんでるわけなんだ。

まるで墨汁に染められたわたあめちゃんさながらのその姿。

これを見ながら俺は何ともいえない感慨を覚えたんだ。

髪を切られてその束が床へ落ちていったり、顔の髭を自分で剃ってズタズタになったその破片が刃に詰まったりは何度だって見てきた。

だがこうしてハサミで自分のチン毛を切ったって経験は全く初めてで、だから俺は不思議な気分になったんだ。

これが俺にとっての「感慨」ってやつだった。

だがジーンときて毛の束をずっと摘まんでるっていうのもアレだから、しばらく経ったらさすがに便器にそれを落とした。

束がパッとその底に落ちて、侘しかった。

そういえば、今じゃ芥川賞作家な高瀬隼子のデビュー作『犬のかたちをしているもの』（集英社）の冒頭で、主人公の女性がこんな風にマン毛処理をしていた気がする。

そんなこと思いながら、試行錯誤のなかでチン毛をなかなかにガンガンな勢いで切っていったんだ、俺は。するとだよ、前は股間自体がある種の暗黒物質と化していたんだが、少しずつ見通しがよくなっていくんだな。

こいつはもはや「開かれていく」より、さらに「拓かれていく」って感覚なんだよ。

ある種、探検家の境地だね。実際俺は難病のせいで探検なんて全く無理だが、チン毛を切ることでその感覚を追体験させてもらってる気がしたのさ。

そうして気づきゃあ、便器にゃ大量のチン毛が落ちておりまして、ノリノリだった俺もさすがにギョッとした。これをそのまんま流したらトイレが詰まるんじゃあねえかとビビり、今のうちにと即流したんだ。

ビビってたよ、流した後もビビってた。

だが股間が確かにスゲーッ爽やかになっていくのを感じて、その爽快感のままにジョリジョリ切っていったんだ。

いい気分だった。ペニスに立ち込めていた霧が晴れていくような気分さ。

だからその勢いのままに切っていって、これで終わりにしようとした時の最後の一切りには、切なさすらあった。

だけどもその切なさを押してでも切ったのなら、チン毛地帯は鬱蒼たる熱帯雨林から一陣の風が吹く草原のようになっていた。綺麗になっていたよ。

さらにもう一度植物関連の比喩を使わせていただきてえんだが、この時の俺はこんなだった。

名前も分からねえ強靭な雑草たちが凄まじい形で生存競争を繰り広げている実家の庭、俺は今まで目を背けていたがとうとう無視できずにここに戻ってきた。せめてこの暴れ回る雑草たちを大人しくしたく、必死に除草剤を撒いたり、シャベルとかで根を掘り起こしながら、呼吸器や腰を犠牲にしながら庭の整理を行い、何とか、何とか一段落ついたよ。

庭は落ち着きを取り戻したんだ。

股間を見ながら、俺はそういう気分だったよ。

安心感があった。それでいてやっぱ何かが失われたような気がして、どこか切なさもあった。

俺の実家のトイレには小さな窓があるんだけども、そこからは漂う小さな雲の群れが少し見えたのさ。俺は、それがミニハサミによって切断され昇天を遂げ、そして天使のように真っ白になったチン毛に見えたんだ。

心が安らかになるって、そんな風景だった。


だが一回刈ったら全部まるっと解決なわけがないんだよなあ!

「生活」ってやつはそんな生半可なものじゃあねえ!

ということで剛の物たるチン毛は一度切られても気にすることなしに、再び繁茂を遂げていくってわけなんだよ。

その勢いたるや、まるで、あまりの繁殖力によってアメリカだとか海外で猛威を振るいに振るう、日本出身の侵略的外来種の代表格たる葛さながらなんだよ。アルファベットだとKudzu って書くやつ。

切ったばっかの時は曲がりなりにも整っていたはいたんだが、エントロピー増大こそが世界の摂理とばかりに再び混沌と化していく様には、自分のチン毛ながらあっぱれだったよ。

そうして当惑というか模索の時期にあったある日、俺はいつものように市川市中央図書館をフラフラとしていた。音楽を聴きながら、ただただフラフラしていると急にアイデアが思いつく時があってさ、そういう啓示ってやつを俺は大事にしてるのさ。

この日のお供はナイン・インチ・ネイルズの“Pretty Hate Machine”だった。いわゆるインダストリアル・サウンドっていう工場で響き渡りまくってる金属音、俺としても製本工場見学に行った経験があるからその響きにはどっか暖かみすら感じちゃうよ。

そしてこん時の俺は、数日前に読んだ『開かれた社会とその敵』（小河原誠訳、岩波書店）で著者のカール・ポパーがヘーゲルとマルクスを批判する際にショーペンハウアーをたくさん引用し、そして高く評価してたのを読んでたもんで、そのショーペンハウアーの『読書について』（鈴木芳子訳、光文社）を手に取って、つい借りちゃったんだよ。

この日はそれで帰ろうとした、というか実際に図書館からは出た。

だけどナイン・インチ・ネイルズの壮絶な金属音を聞きながら、天啓のようにある言葉が降りてきたんだ。

「盆栽」って言葉がね。

「盆栽」するみたいに、チン毛を看りゃいいんじゃねえの？

鉄骨が脳髄に落ちるような衝撃に突き動かされ、俺は図書館に戻った。そして調べもの用のパソコンで盆栽の本が置いてある場所を調べ、棚まで急いで歩いていき、この勢いのままに直感で加藤文子の『natural盆栽　小さなみどりの育て方』（講談社）を借りたんだった。

そして俺は、耳に響く“Pretty Hate Machine”はそのままに、コルトンのダイエーで買ったチョコモナカジャンボをベンチに座って食べながら（母よ、隠れて脂質高いアイス食べてすまん）、この本を早速読み始めたんだ。

これを借りたのは、もちろんだが盆栽のやり方を学ぶためだったんだけども、しかし読むうちに俺の期待は良い意味で裏切られていったよ。

この著者は盆栽一家に育ち、自身も父の元で修業した後に三十代で独立を果たしたという人物だ。しかし人工的すぎる盆栽作りに違和感を覚え始め、よりナチュラルな「自然との共生」に重きを置く盆栽作りを目指すことになる。彼女はここで語る。盆栽を育てるにおいて「大切なのは特別な技術ではなく、植物を知りたいと願う気持ちや思いやること」であると。

そして彼女は何をするかと言うなら、野草とかを使って鉢のうえに小さな自然を作っていくんだよ。

そこではすげえことが起こってるんだ。

何とある鉢で育った植物の種が、隣の鉢に落ちていきそこで芽吹く！

この正に自然ってやつをそのまま反映させる盆栽の様子に俺は感銘を受けたよ。

とはいえだ、これはただ放置すりゃいい仕立てってわけじゃあない。盆栽をじっくりと看ていきながら、その背景にある自然の摂理を見据えるとともに同時に人の手で生の流れを作っていく。こういう繊細な操作があってこそ生みだせる盆栽についてが、この本には書かれているんだ。

読みながら俺は、ここにおいても人の手と自然のあるがままの狭間を行くような中庸があると知ったんだ。ありのままの自然が生み出す流れが重要ながらも、その一部を人間もまた担っているからこそ「人の手を入れる」というのも自然の営みの一部として実践されなきゃあならねえんだと。

俺はさ、切ったはいいんだけどもその後もやっぱ葛さながら無限に増殖するチン毛をどう処理していいか分からず、完全に持て余してたんだ。あれだけ切ってもすぐにここまで戻っちまうなら、結局剃るなんて無意味じゃあねえかと思わざるを得なかった。

それでもこれを解決できる魔法の術を必死に探してたんだ。

塗れば全部の毛が一切合切ブチ抜けるっていう脱毛クリーム？

毛根から毛を焼き切って文字通り毛を殲滅《せんめつ》するっていうバカ高い機械？

だがそれらは元ニートの手には届かなねえくらいの金額でさ。

だから俺は他の可能性を探し求めていたんだ、探し続けていたんだよ。

でもさ、そういうことじゃあねえんだってのに俺は気づいた。

チン毛が伸びるってのは自然の摂理であって、だからこそ俺はそれをコントロールするでも放置するでもなく、共存共生を図っていかなくちゃあならないんだ。こういう姿勢でチン毛を看ていくことが重要なんだよ。

やっと、やっとそう思えたんだ。

そして俺は徐《おもむ》ろにトイレに行き、ミニハサミでチン毛を切っていくということを再びやり始めたんだった。

前はさ、勢いよくというか、かなり慌ただしく切っていってしまっていたよ。心のどこかでチン毛処理を早く終わらせたがっていたんだ。

でも今回に関してはとにかくゆっくりと切っていった。

そう、看ながら切っていくということをやろうと心掛けていたんだ。

前はチン毛を有刺鉄線のようだと不穏な喩えをしていたな。そうして有刺鉄線なんて喩えた理由の大きな一つって感じのあの縮れっぷりね。これは少なくとも俺自身の他の毛と比べるならかなり不思議というか、ここだけ生来に別の性質を運命付けられたのかと思うほどにチリッチリと縮れてやがる。

それでもさ……人間がいかに下着を着用しているかを鑑みてみようぜ。

チン毛ってやつはその下着のなかで潰され続けてるじゃんかよ、常にさ。それだったらだ、他の毛にはない形でこういう有刺鉄線を思わせる縮れが生まれるのも全然おかしくないいんじゃあないか。

この形はそれゆえのチン毛の独自性なんだよ。

そう考えると、何か感銘すら覚えたりするよな。

だから、そんな人間生命の神秘の一端が垣間見える縮れに対し、俺は一礼を絶え間なくしながら……ってチン毛剃るんなら自然とそういう姿勢にはなるが、まあ精神的にも一礼をチン毛に捧げていたんだよ。

その最中にふと、俺はあることを思い出すことになる。

それはルーマニア語についてなのさ。

「ペニス」はルーマニア語だと主な言い方が二つあるんだ。一つはラテン語に即したより正式な言葉である penis（ペニス）で、もう一つは日本語で言う「チンポ」みたいな俗語の pulă（プーラ）だ。注意しとくが、あんまルーマニアの人の前では言っちゃいけないやつね。

そしてルーマニア語には何故か名詞に性別があって、どの名詞も男性名詞／中性名詞／女性名詞に分かれてるんだ。でなんだけど、上にまず挙げた penis は単純に考えれば「男性名詞」と思うかもしれないが、実は「中性名詞」なんだよ。それから pulă の方なんかは「女性形」なんだよな。もちろん色んな俗語もあるから「男性形」で「ペニス」を表す言葉がないわけじゃないと思うが、ルーマニア語において基本「ペニス」は「中性名詞」か「女性名詞」で表現するんだ。

ルーマニア語においてペニスが男性名詞じゃないってのは確かに直感には反するんだが、だけど逆に俺はペニスをあまりにも男性性に紐付けすぎていたんじゃないかとも思うんだ。男か、それでなければ女かっていう、いわゆる二極化した思考（バイナリー思考）に支配されすぎてるんじゃないかってね。

ペニスは男性でもあれば女性でもあり、中性でもあり得る。そしてただでさえこんな多様なら、これ以外の何かでも全然あり得るんじゃあねえの？

というか「あり得る」っつったら俺がそれを認めるって言い方になってしまうが、それ以前にただペニスはペニスで、俺の側が勝手にこれをジェンダーってやつに当て嵌めちゃってるんじゃないのか？　俺はちょっとそう思ったりしていた。

そんなこと考えながら少しずつ毛を刈っていき、股間が少しずつ前のまっさらな平原に戻っていくなかで、だけど完全にそこに戻らないうちに俺の手が止まった。

急に思ったんだよ、別にここで一切合切綺麗になるまで剃る必要はないと。

急ぐ必要はない、歩くような早さでチン毛を剃っていったっていい。

生活ってのはそういうもんであるべきだと。

俺はチン毛を剃るのを止め、ほっと息をついてから水を流したんだった。

翌朝、俺はいつものように外に出て、執筆場所であるニッケコルトンプラザへと向かう。

股間は少しチクチクするが、別に不愉快じゃあない。

猛烈だった夏の日差しは少しずつ勢いを弱めて、吹いてくる風もまた涼しい。

こういう時にこそ「秋めいた」なんて言葉を使いたくなる、そんな感じのいい天気だった。

そしてそれを心地よく感じながら、思ったんだ。

生活が続く以上、看るってこともずっと続く。だからこそこの秋めいた天気みたいに軽やかに、今後ともペニスやチン毛と付き合っていきたいってね。

はじめての、ダンベル

Respect for ショーゴ（東京ホテイソン）

俺の腕はまるでフランス産の白アスパラガスのように細い。

この比喩は普通、白くてしなやかな指を形容するために使うモンだが、俺の肉体に関しちゃ青っちろくてヒョロヒョロの腕を形容するに相応しい比喩だと思える。

いや、これでも勿体ない比喩かね。「栄養失調の白アスパラガス」くらいには言わないとアカンかもしれないね。

このヒョロヒョロさの淵源は、巡りめぐって学校での体育の授業かもしれない。

昔から俺には運動神経というやつが全くの絶無で、必然的に体育ってやつは俺にとって最もクソったれな時間だった。

まず覚えているのは中学でのバスケの授業だ。

まず最初にドリブルの練習をした。手でボールをバウンドさせながら、足を動かすっていう本当に初歩の練習だよ。

だがこの二つの動きを俺は一緒にできないんだ。手を動かしていると足が止まり、これを教師に注意されやり直しを命じられる。で、逆に足を動かそうとすると手が止まってボールを持ったままになってしまう。これをまた注意され、やり直しをさせられると。これを何度か繰り返させられ……

この苦々しい記憶は三十路を越えた俺の顔面すら歪ませるよ。

だから中高終えて体育の授業ともオサラバだって解放感も抱いた。そしたら一年生には体育の授業があるって聞かされて、その時の絶望感たるや、印旛沼《いんば》よりも深かった。

俺は一番簡単そうなゴルフを選んだんだがさ、ここでも醜態を晒したよ。何度かの練習の後、誰も彼もが玉打ちゃ弧を描いて飛んでいくまで上手くなったのに、俺のボールだけはさ、永く苦しい便秘の果てに何とかまろびでた丸っこいクソみたいに、ポロッポロとしか転がっていかないんだ。一年やって、ずっとそんな感じだった。思い出すだけでもやるせねえよ。

つまり俺にとって体育の授業は、人間として劣等種であるとの烙印を押されるってそんな時間でしかなかったんだ。

だからもう運動自体にウンザリして、授業以外ではなるべく体を動かすということをしなくなった。それでいて食べることは好きだったから、唐揚げとかポテトチップスとか豚骨ラーメンとかを喰らいに喰らい、ブクブク太りまくったよ。

で、俺は80キロと90キロの間を危なっかしく行きから巨大スライムと化したが、腕だけは不思議とただただ青っちろいままだった。これじゃダメだと思春期の俺は腕立て伏せなんかにも挑戦するが、数回やったら無様に床に倒れ伏す。劣等感を喰らわされた。

とはいえ一応は続けた結果、肩幅だけは無駄に広くなり、肥満体型も相まって「ラグビーとかやってた?」と聞かれたりするようにもなった。

苦笑とともにいえいえと振る腕はえげつないヒョロさだった。

そして前述通り、俺はクローン病を患い、一時期は50キロ台まで体重が減っちまった。今何とか60キロ前半まで戻したが、巨大スライムだった全身がヒョロヒョロな腕のヒョロさにまで回帰してきた感じがある。この激ヤセの未来を予見したうえで、腕は白アスパラガス状態を維持し続けていたんだろうか?

こういう紆余曲折を経て、強大な力によって肉体がほとんどリセットされた今、俺のなかにある思いが芽生え始めている。

健康になりたい!

こういう思いがさ、心ン底から溢れ出してきてるんだよ。

毎日毎日何粒も薬を飲んだり、医療控除がなければ十万くらいする薬を定期的にブチ込んでいくなかで、皮肉にも消化器以外の部位は調子を少しずつ取り戻してきていた。今までは「常に具合が悪い」っていう状態だったもんだが、とうとう俺の肉体は「まあ具合は良くないが、別に悪くもない」という境地にまで辿りついたんだ。

ぶっちゃけ言えば、難病持ちなわけで一般的な意味での「健康」ってやつはもはや達成不可能だろう。だが俺は今、そんな難病持ちの俺なりに「健康」を再定義していきたい。そしてその俺定義において「俺は健康だ！」と鼻高々に言えるように、俺はなりたいんだ。


クローン病になってから本を読む気力が戻ってきて濫読ってやつをするようになったけど、俺がそれに負けず劣らず観るようになったのがYouTubeだった。クローン病で溜まった鬱憤を気楽に晴らすため、ゲーム実況やお笑い芸人のネタ動画とかをよく観るようになって、それがもはや趣味と化してしまったのだわ。

そして特に後者において長い間観ているのが東京ホテイソンのチャンネルだった。M－1の回文ネタから迸る知性に衝撃を受け俺は彼らのファンになったんだが、彼らがYouTubeアカウントを設立したと聞いて結構早いうちからフォローしてたんだよ。

ネタは相当作りこまれ面白い一方で、その企画なんか、特に初期は「渡されるタバコがめちゃくちゃ臭いドッキリ」とか「エロ漫画熱烈プレゼン」とか下らないやつがマジ多くて、大いに笑い、何か勇気づけられた。

中でもSwitchの『世界アソビ大全51』ってゲームで、ツッコミ担当のたけるとボケ担当のショーゴが五目並べで決闘した時、ショーゴがボコボコにしていたと思いきや、実はそれがたけるの作戦で、最後には鮮やかに勝利を掻《か》っ攫《さら》っていった。その瞬間のショーゴの鳩がバズーカ砲喰らったような顔と、たけるの満面も満面なドヤ顔には死ぬほど爆笑したのを昨日のように覚えてるよ。

だがその一方で不思議に思っていたのは、ショーゴの肉体がテレビで見るよりも明らかにドデカかったことだ、いわゆるマッシブな感じなんだよ。さらにその肉体が時を経るにつれどんどんデカくなってってたんだよな。

というのもショーゴの趣味の一つが実は筋トレであり、彼は動画内で常々筋肉を鍛えあげることに注心しているとの旨を話していた。そして動画の内容がそのままショーゴの筋トレ道と化すことすらままあったんだ。そこで彼は昔は相当のヒョロガリだったけども、筋トレに邁進することで鋼の肉体を手に入れたと語っていた。

実際、相方のたけると会った頃は48キロくらいだったそうで、その頃の写真を見るんなら腕どころか肉体そのものが白アスパラガスって感じで、今のスーパーで売ってる焼酎5リットルボトルみたいな肉体からは想像できないもんだった。

動画には敢えて体重を増やし脂肪を蓄えた後、集中トレーニングによってそれを筋肉へ転化、より巨塊な筋肉を手に入れるまでの軌跡を追ったシリーズものまであった。その様には俺も目が離せなくなったね。

俺が動画を観始めた当時から、ショーゴは既に80キロのブ厚い肉体をしていた。だがそっから三年、お笑いネタやドッキリ動画の合間にそういう絶え間ない鍛練についての動画を観るなら、その肉体はさらに洗練と先鋭を増していく。その求道ぶりに青っちろい俺は惚れ惚れさせられたよ。

時々コメント欄で「あまりに筋肉ゴリゴリすぎて面白くない」とか悪口なんか言われてるのも見たことある。

だが俺はショーゴの己が道を行く様に、深い尊敬を覚えていた。

そして二〇二三年、ショーゴはとうとう「ショーゴのもう一人じゃない」という個人アカウントを設立した。ここではお笑いネタほぼ一切なしで、筋トレ風景や食事制限、ボディビル選手権に向けた様々な鍛錬をストイックにアップしているマジの個人アカウントで、視聴者はショーゴの求道ぶりだけを原液100パーセントで思う存分楽しめるわけだ。

先述通り、東京ホテイソンOfficialチャンネルにはおふさげなしの筋骨隆々体型に苦言も呈されていたんだが、こっちはショーゴを純粋に応援したり、自身も鍛えようって頑張るファンでいっぱいで、また別のコミュニティができあがってきている印象があった。

俺自身も生涯通じて筋トレに関しちゃ三日坊主だった。

腕立て伏せを続けていた時期もある。何故だか筋トレもままならねえくせにもっとヤバいビリーズブートキャンプをやってた時期もある。

だが全てにおいてことごとく沈没するという不毛なことを続けて、とうとう三十年もの時が経っちまった。

でもこういうショーゴの弛《たゆ》まぬ努力を見ていると、本当に勇気付けられたんだ。自分ももう一度頑張ってみようという気になったんだ。

俺も本を出して、印税として初めてここまでまとまった金を手にいれたわけで、これで何かを買ってみようって思いもあったんだよ。

で、思いついたのが……ダンベルだったんだ。

何か特段の思い入れがあるとかいう訳じゃない。

ただ、家でもできる筋トレというのを考えた時、まず真っ先に閃光さながら浮かんだイメージがダンベルだったんだ。

鉄は熱いうちに打て！

ということで俺は家の近くにあるスポーツショップに足を運んだわけよ。そこの第一印象としてはまずなかなかに広い。何となく俺なんか場違いなんじゃないかっていう気分になったよ。

それでも己を奮い立たせて進んだんだ。

そして店の奥の方でとうとうダンベルを発見した。

金属系のダンベルとゴム系のダンベルが剝き出しのままに、重量別でカゴに入っていたんだ。

見る前に跳べってわけで、俺はまずその金属系ダンベルの1キロを持ってみた。コイツはさすがにこれは軽くて、簡単に上げ下げできたよ。

次に3キロも持ってみた。これもまあ重いけども、これはまだ軽々動かせた。

その勢いで5キロを行ってみたんだが、重量が一気に上がったって感覚があったね。持ちあげた瞬間に、重みに筋肉が組み伏せられたようだった。持ちあげられるこたあ、持ちあげられるんだが、正直これを持って上下運動はできないとビビっちまった。

なので一段下がった4キロを持ってみたんだけどさ、色々と腕を動かしてみると、白アスパラガスみたいな腕のなかで、さらに糸みたいに細いんじゃないかって筋肉が脈動するのが感じられた。

そして何より骨が確固として筋肉を支えているってまたとない感覚があったんだ。皮膚の上から手で触ってその硬さを感じるってのは何度もある。だが腕を動かす中で、その内部に確かに骨が存在しているって感覚を味わったことはついぞなかった。

そこに俺は手応え、いや腕応え骨応えを確かに抱いたんだ。

そして運動を続ける最中、当然疲労感が蓄積していくわけなんだが、ここで無理があるという印象は抱かなかった。むしろ心地よかったんだ。そこで俺が買うべきはこの4キロだと直感したよ。

そして次に決めるべきは、金属系ダンベルを買うかゴム系ダンベルを買うかということだった。

まず触った金属系はかなりスッキリとしていて、触感も余計なものがない。これは違和感なく使いこなせるという感覚があった。

一方でゴム系は、棒の端に塊としてドンと存在する黒いゴムから、あの独特のゴム臭が濃厚なまでに漂ってきて、それはもう持つ前からすらクセがあると分かった。持ってみるとまた、上げ下げする際に視界に入ってくる黒いゴムの巨塊はインパクト大だったよ。

ここにおいて使いやすいのは金属系だった。だけど俺はいつだってクセがあるモンを好きこのんできたわけよ。

ルーマニア語しかり、マルタ共和国のロック音楽しかり、東京ホテイソンの回文ネタしかりね。

ということで俺はゴム系ダンベル4キロを買ったんだった。

税込み二〇四一円、お買い上げあざっす！

そして俺はビニール袋に入ったダンベルを握り締めながら、家路につくんだった。確かに重い、重いんだけどもそれにむしろワクワクすら感じたりしたね。人目も気にせずに上下運動なんかしちゃって、路上で見せつけるように筋トレしちゃったよ。

この時のことで不思議に覚えてるのは、何気なく手で握る部分をダンベルの棒からビニール袋の持ち手にしようとした瞬間のことだ。

そうしたらダンベルの重みがビニール袋全体にかかっちゃって、見る間に取っ手がビぬゥっと伸びていっちゃったわけだ。マジに焦ってダンベルの棒を持ち直したんだけど、後から考えりゃそりゃダンベルは4キロもあったんだから、ビニールも伸びるよなって。

だがその時の俺は何故かこれを意識できていなかった。実際に経験しないと分からないことはよくある、特に俺の場合はね。


そっから俺とダンベルの日々が始まったんだ。

最初の頃、特に買った当日の夜なんかは初めてのオモチャを試す子供さながら、やたらめったら色々とダンベルを使って運動しちゃったよ。右腕でダンベルを持って九十度曲げたり、天井に向かって左腕でダンベルを上げ下げしてみたり、ダンベル持ちながらジャブをしてみたり……

こういう戯れをさ、部屋のなかで「バキ童チャンネル」とか「破壊事故の雑学をゆっくり解説」とかそういうYouTube動画を観ながらやってたりした。観ていた動画にはもちろんショーゴの動画もあって、モチベーションの持続にも繋がったよ。

だがダンベル使い始めて即、自分の体に違和感を抱くことになる。

一日目の夜から滅茶はしゃぎまくって、ダンベル使いまくったので、もちろんメタクソ疲れたんだ。こうなったら翌日は腕がヤバい筋肉痛になるだろうなと、その時の俺はマゾい期待を抱いて眠ったんだ。

だが翌日になっても特に筋肉痛はない。逆に不安になったよ。そしてそのうち「老いたら筋肉痛は二日目以降にくるようになる」とかいう話を思い出した。瞬間、老いを実感したね。だが実際には二日目以降にも筋肉痛はやってこない。俺の運動量がチンケなのか、はたまた筋肉がヤバいことになってるのか。

少なくとも俺は「おいおい、どんだけ俺の肉体錆びてるんだよ⁉」と、さすがに危機感を覚えたよ。

それでもダンベル運動をそれなりに続けていると、成果ってやつも出てきたんだ。運動自体楽しいんだけども、最初は結構な重みにすぐにへたばっていた。だが毎日の鍛錬のなかで、少しずつ運動を長く続けられるようになってきたんだ。

そして腕も何だか少しずつ太くなっていっているような気分にもなった。別に一気に、白アスパラガスからマツキヨで売ってる精製水のぶっといボトルと化したとかそんなわけじゃあない。

本当に歩くような早さでなんだが、栄養失調の白アスパラガスから栄養状態のそこまで悪くない白アスパラガスにまで復調してきた気がするんだ。

いい感じだよ、まあただの錯覚かもしんないけど。

こうして俺は気が向いた時に何気なくダンベルを手に持って、色々やるようになってたんだけど、そうするとダンベルがダンベル以上の存在感を醸し出してくるのさ。

ベッドの上で読書をしている時、ふと洋服ダンスの上に置いたダンベルの方を見たら、何故だかダンベルと目があったような感覚があった。

と思えば、暑い日に床に寝転がってYouTubeを観ていたら、何か視線を感じるんでそっちの方を見たら、ダンベルがこっちをジッと見てるって、そんな感覚をも覚えたりした。

これは何だろうか、ダンベルが俺を見守ってくれているんだろうか。それとも俺を看てくれているんだろうか。

まあダンベルが意思を持つわけないのでそんなん有り得やしないんだが、でも何かダンベルが守護霊になってくれているような、そうでないような。

もしかしてショーゴが俺を見かねて、このダンベルに生霊を飛ばして俺を看てくれているのか!?……なんてね。

ある時、俺は全然眠れなくて、丑三つ時にベッドから起き上がった。

取りあえずトイレでも行って膀胱を空っぽにしとくかと立ち上がろうとしたら、俺の右手が何かに触れたんだ。

それは勿論、ゴム製の4キロダンベルだった。

俺はそれを手に取りながら立ち上がってみる。たったこれだけで全身の筋肉が緩やかに伸びていくんだ。こっから俺はダンベルを両手で持ち直し、重みを体感しながら体を後ろに反らせていく。お腹側の筋肉がブィィィと急激に伸びていく鮮烈な感覚があり、かなり気持ちがいい。

ダンベルを買ってからの俺は、いつしかこういう時に肉体の内部ではどんな筋肉が駆動しているのだろうと想像するようになっていた。

腹部の腹直筋、背中の僧帽筋、首の胸鎖乳突筋……ダンベルを持ってない時に、ついつい筋肉の名前をググっちゃうようにもなっちゃってさ。

で、そういう筋肉が皮膚の下に確かに存在して、伸縮したり躍動しながら俺という人間をグッと支えてくれてるわけでね、人間の体ってマジにスゲェよな。筋トレするたび俺は科学の奇跡に魅了される小学生みたいにビックリしちゃうんだ。

そしてダンベルをゆっくり下ろしていくなかで、俺は太ももを曲げてスクワットだってしていく。自重に加えてダンベルの重みも下半身の筋肉に圧をかけるわけで、何も持ってない時より負担はさらにデカい。

こうして肉体の内部じゃ細胞が爆裂するほど激しい状況が繰り広げられているのに、その外部、丑三つ時の世界にはただただ静寂が広がってる。

ここに響くのは、ただ俺の鋭い呼吸の音だけなんだ。

そしてそこにあのダンベルのゴムの匂いが寄り添ってくれている。

こういう時、俺はこのダンベルと一体化していくような感覚を味わうんだ。触覚はもちろん、聴覚や嗅覚も込みで俺の知覚がダンベルと重なりあって、そして二人、いや二つだけの世界が生まれる。

この素晴しき融合の感覚！

俺はこの感覚を頼りに、俺なりの「健康」ってやつを追い求めていきたいと、そう思っている。

はじめての、ジム通い

Respect for チョコザップのマダムたち

クローン病と診断されて、はや三年。

今でも毎日薬を口からブチ込み、定期的に病院で検査してもらっては血管から薬をブチ込んでもらい、そうして今は何とか寛解状態を維持することができている。

だから時々はセブンイレブンで売っている韓国のり味のポテチも喰うことができるし、コカ・コーラにしろドクターペッパーにしろ炭酸飲料はそれ以上の頻度で摂取したって体調に異状も出ない。この前なんかさ、久しぶりに居酒屋で唐揚げまで喰っちゃってさ、今までの数年間を想ってガチで泣きそうになった。色々な意味で遠くに来たなってさ。

今はさらにダンベルを買って両腕を鍛えたり、この本には詳しく書かないけど自分の意志で逆上がりの練習をして「運動」と和解を図ったりと、俺なりの「健康」というやつを求めて日々研鑽している。

で、じゃあ俺は健康になったかと言えば、そうは問屋が卸さねえ。

件の病院での定期検診で医師から言われたのが、これが上がってるのは肝臓の健康が損なわれているって証拠として皆さんお馴染みγ-GPTがさ、着実に上昇してきてるってことだった。これはクローン病が悪くなっているわけじゃあない。寛解状態ということで、なまじっか酒をある程度楽しんで構わない健康状態が戻ってきて、それで俺もはしゃいで酒を飲んでたら数値が上がっちゃったというわけなんだ。

俺の肉体では、クローン病における健康は、むしろ体全体の健康を損なうって状況が出来てしまっていた。これこそ正に「あっちが立てば、こっちが立たず」なわけで、さすがに俺も凹んだよ。

その最中だった、俺が『日刊ゲンダイ』に取材をされたのは。

「愉快な病人たち」なんていう、難病とか深刻な病気に罹っちゃいるが強《したた》かに生きてる人々を特集するって連載記事に、クローン病三年生の俺が抜擢されたわけだ。ここで食事制限とかビリビリウンチとかその他諸々について楽しく話をさせてもらったんだが、定期検診でのγ-GPTショック事件について話したらさ、カメラマンの方に勧められたんだよな、チョコザップをさ。

チョコザップ、余計な準備は一切不要、誰でも彼でもフラッと入ってフラッと筋トレできる唯一無二の場所。そんな評判を風の噂で聞いていたが、実際に入会している人から話を聞くのは初めてだった。何か噂通り大分敷居が低いらしいってのは、彼の話から伝わってきたよ。

しかし、俺のジムに対する忌避感は、アフリカのサバンナに作られた超巨大蟻塚よりもさらにデカかった！　何度も語ってきた通り、体育には子供時代を通じてトラウマを植えつけられ、運動もろとも全部キライになっていた。そして坊主憎けりゃ袈裟まで憎いとばかり、運動をする場であるジムにすら理由もなく不信の目を向けるような人間に、俺は育ってしまっていた。

さらに憎しみや不信とはまた別のものとして、あんなムキムキで肉体改造にストイックな人々が占める空間に、自分のような栄養失調の白アスパラガスが入っていいものかというそんな不安すらも自然と抱いてしまっていたんだ。

俺はカメラマンさんの話に大いに興味をそそられる一方、元々心に根づいていた忌避感を克服することはできず、この時は入会って決意に至らずじまいだった。

だがチョコザップはそんな俺を引きこむ時を虎視眈々と伺っていた！

ある日のこと、俺の目にある広告が飛びこんできた。一月末までにチョコザップに入会すれば入会金や設備管理費が一切無料、さらにヘルスウォッチや体組成計などの豪華特典もついてくる！だそうだ。だが実際に一番驚いたのは税込三二七八円とかいう安すぎる月会費だった。俺にとってのネックは、ジムの月会費が一万前後というのが多く、不信ゆえに続けられるか分からないものにそんな額を払うのは憚られるってことだった。そんな中で、半分以下のジムに通えるのはマジに空前絶後だった。

もちろん、数日は悩んだ。こんなに安くても行かなくなる可能性なんか全然あるし、そうして無駄になる金のことを考えると俺のデフレマインドが荒れ狂った。どうせならもっと安くなってほしい！くらいにね。

だがその時、俺の背後に、今まで学んできた経済学者たちが現れたんだ。

そして俺に提示してくれたんだ、「機会費用」という概念を。

人間が何かを選ぶ時、その選択によって失うだろうものの価値のことだ。

税込三二七八円を渋り、ジムを行かないという選択をした俺は何を失うのか。お金と時間は節約できるだろうが、肝臓などの調子が改善されないどころか悪化して、ただでさえ別に良くない健康がさらに損なわれるかもしれない。失うものは、多そうだ。

逆に税込三二七八円を払ってジムへ行くことにすれば、お金や時間は失われても、体調が改善される可能性が大いに上がり、さらに運動が習慣になれば自分なりの健康を探求することにおいても進展は多そうだ。それに税込三二七八円くらいだったら、払うのも吝《やぶさ》かじゃあない。

何故なら千葉ルーのおかげで今の俺にはある程度のお金があるからだ！

この勢いで行くっきゃねえよ、マジで！

不肖済東鉄腸、一月三十一日チョコザップ入会！

そして二日後、俺は東西線に乗って行徳《ぎょうとく》駅のチョコザップへと向かった。墓参りのために定期的に通る道が、いつもと違うものに見えたよ。この感覚を俺は、今後忘れないだろうね。

チョコザップが入ってる建物には、割合早く着いた。歩く距離自体は全然少なかったわけなんだが、親指と人差指で「ちょっとね」というポーズを作っているロゴマークがついたドア、その前に立つととうとう来たなという感慨を抱いた。

これが正真正銘、ジムでトレーニングをする初の体験になる。肉体の武者震いを抑えられなかったよ、これは。俺はスマホのアプリを起動させ、ＱＲコードを映し出して入口の装置にそれを読み込ませる。ギュイイイッという音が響いて鍵が開き、俺はチョコザップへと招かれる。

勇気を出して入った先、そこには驚くほどにこじんまりとした空間が広がっていた。だがそこに犇《ひし》めくのは紛れもなく筋肉をいじめにいじめぬくトレーニング装置なわけで、ここはジムには間違いなかった。

上着などをハンガーに掛けたり、荷物をロッカーに入れたりして、筋トレの準備を整えていく俺だったが、やっぱり不安を抱いたよ。俺みたいに今までジムなんて一度も行ったことがなかった人間がここにいていいものかって問いが首をもたげたよ。

だからついついロッカーの前でスマホをいじるフリして、グズグズしてしまっていた。気分は誰も知り合いのいないパーティに迷いこんじゃったもんだから、壁に寄っかかって時間潰してる引っ込み思案な高校生って感じだった。

が、いきなりまたギュイイイイという音が響いてきたかと思うと、ジムにモコモコのセーターを着たおばちゃんが入ってきた。彼女は入った瞬間に速攻で器具のところまで行くと、横に置いてあったタンクから消毒ティッシュを手に取り、それで器具のあらゆる部分を拭いた後、そこに座ってバーを前後に押し始めた。

ジムに来てから実際に筋トレを始めるまで数十秒、このあまりの早さ、これはロッカー前でウジウジしてる俺じゃなきゃ確実に見逃してたね。しかも着替えをしないどころか、肩から普通にポーチをかけたままで筋トレを続けてやがる。

こんなんアリなのか?!

俺はしばらくおばちゃんを見つめていたが、筋トレを終えた際には再び消毒ティッシュを持ってきて、それで器具を拭きに拭いた後、バーを上げ下げする別の器具の方へと向かった。

呆然としていたが、俺もとりあえずおばちゃんがやっていた器具であるチェストプレスをやることにした。

俺が気づいたのは、トレーニングをやる前と後には備えつけの消毒ティッシュで器具を拭いていたことだ。ここではこの清掃作業を客の一人ひとりが担うらしい。人件費削減などの面もあるだろうが、こうしてティッシュで消毒を自分でするとなると何だか器具それ自体への愛着も湧いてきそうだなとボンヤリ思ったりした。

で、俺はとうとう器具に腰を据えて、筋トレに挑戦してみる。

アプリに学んだ通り、背中や後頭部をシートから離さないままバーを腕の力だけで押してみる。最初は何のおもりもなしだったから、白アスパラガスの俺ですら動かすのは簡単だった。だから調子に乗ってそこに10キロのおもりを加えて動かそうとしたら、二の腕の筋肉へ一気に圧がかかってビビった。無数の細胞が押し潰されるような感覚があったよ。

俺の細い腕にはだいぶ負担だった。でも筋肉を増強するには十回で限界がくるような圧がちょうど良いと聞いてたんで、このくらいの圧が正にそれにうってつけじゃあないか？と思えた。それだから俺は筋トレを続けた。

頑張れ、白アスパラガス！

頑張れ負けるな、白アスパラガス！

心のなかで俺自身をそう応援することで、何とか最初の1セットをやりきった。

心地よい疲労感のなかで、俺は周りを見渡してみる。確かにきちんとスポーツウェアとかを着て頑張ってる人もいる。だがより目立つのは、マジで普段着のおばちゃんが何食わぬ顔でエアロバイクで汗をかいたり、レッグプレスで大腿筋を鍛えたりする様だ。その妙なギャップに目眩《めまい》がしたよ。

さらによくよく見てみるなら、そのウェアをキチンと着てる人も1セット終わったら、ダラッと休んでめっちゃスマホいじくってたりする。ここにいる人の多くは、その運動への姿勢がかなりゆるゆるなのだ。

このゆるゆる空間で、俺は運動への姿勢ってやつを考え直さざるを得なかった。

体育のせいで運動がキライになったことで、物理的にも精神的にも運動とは自然と距離が離れていったわけだが、その過程で運動の理想化みたいなことが起こってしまっていた気がする。運動というものはお金をかけて入念に準備したうえで勤勉かつ真剣にやらなくてはならない、そうでなくては運動ではないみたいなね。

だがこういう無駄な理想化のせいで、ふと運動やってみようかなと思っても、運動は敷居が高いって思いこみに邪魔されて挑戦すらできなかった、しようとしなかったように感じる。万が一挑戦はしたとしても、ちょっとでも失敗したら理想に程遠い自分に厭気がさして、やる気を失うってのがオチだった。

今、とうとう俺はジムってやつに足を踏み入れトレーニングをしてみてるわけだが、実際は楽だったとかは口が裂けても言えないが、しかし「こういう感じでやるんだなあ」と思いこみが解けていくような感覚がある。そして何よりも普段着のおばちゃんが肩からポーチぶらさげながらチェストプレスやってる衝撃の姿を見て、運動はもっと軽く、軽やかにやってもいいんだと俺は初めて分かった。

ここ数ヶ月を振り返ればダンベルにしろ逆上がりの練習にしろ、日常のなかに運動というものを地道に根づかせるって経験を積み重ねていた。だから俺がチョコザップへと導かれ、おばちゃんたちに感銘を受けるってのは必然だったのかもしれないな。

そして俺は特に気負わずに、ジム内にあったレッグプレスとかラットプルダウンとか色々な器具をとりあえず試してみよう！くらいの心地で使ってみた。体中の色々な筋肉が刺激される感覚があるのはもちろん、ここに筋肉なんてあったのか？っていう部分に筋肉の存在を感じるってそんな感覚すらあった。俺は自分の肉体について何も知らないって、痛烈に思わされたよ。

それで、いい感じに疲労した腕とかを見ながら、もう一つ考えることがあった。

ジムに行く前の日に、俺は試写で『アイアンクロー』って映画を観た。アメリカにはフォン・エリック家というプロレスの名門一家があったんだが、そこ出身の四兄弟が栄光を摑み取ろうとするなかで精神的に追い詰められ、三人が非業の死を遂げていく。今作はこれを唯一生存した次男の視点から描きだすってなかなかハードな伝記映画だ。

特徴的なのはプロレスってスポーツを、男らしさを神としてアメリカの土から生まれた土着宗教として描いているって部分なんだ。ここにおいてその土ってのは隆々たる筋肉なんだ。だから俳優たちは劇中の人物を演じるため筋肉を鍛えに鍛え、その隆起した筋肉の鎧のなかにこそ生まれる苦しみを文字通り体現していく。ここにおいては、筋肉を極限まで鍛えあげることが男らしさに囚われることに繋がり、そうして男らしさの悲劇ってやつが生まれるってわけだ。特にアメリカじゃこういう価値観が横行し実害も出てるからこそ、こういう作品が出るのも理解できる。

だが一方で、この一年俺自身がダンベル使ったり筋トレやったりする中で、筋肉を鍛えるということ自体は悪ではないし、これを通じてこそ主体的に健康を培っていけるのではないか？って思いが芽生え始めている。それと同時にネットでは、トランス男性がジムに通って筋肉を鍛えていくことで男としての自尊心を獲得していく様をも見たりしていた。そういう姿に勇気づけられ、俺もとうとうジムに足を踏み入れることができた次第だ。

もちろん何事も過剰なのはダメだ。さっき紹介した『アイアンクロー』って映画はこの過剰さを男性性中毒の症例として描きだした作品だった。

だが節度を守って、歩くような早さでこそ筋肉を育んでいくことはやっていってもいいんじゃないかと今の俺は思っている。

そしてこういう節度ある筋トレについて発信する何かがあってもいいんじゃないかっても思ったりする。それは例えば前に出てきたショーゴの筋トレVlogだったり、さらにはなかやまきんに君のYouTubeなんか理想的なコンテンツかもしれない。きんに君はサンタモニカ・カレッジ運動生理学部で学んだゆえか、動画内では筋トレ方法はもちろん食生活の改善とかプロテインの飲み方とかまで指南してくれる。既存の男らしさ信仰から距離を取りながら筋肉を健やかに育むための地道かつ抜本的なコンテンツがここにはあったりする。こういうものが増えていってほしいと思うよな。

そして三十分ほど筋トレをしてから、疲労感以上に達成感とともに、俺はチョコザップを後にしたんだった。その時に抱いた感動は相当なもので、直後にはこんな呟きをTwitterでしていたよ。

今日、初チョコザップ。ウェア着て鍛えてる人もいますが、普段着のおばちゃんたちがポーチを肩にかけたままチェストプレスやトレッドミルやってる姿に衝撃を受けました。運動、マジでこれくらい気軽にやっていいんだと。私はおばちゃんたちを信じ、その背中を見ながらチョコザップ通おうと思います。

俺はチョコザップの存在、気軽にジムが運動ができるという意味で「革命」が起こったとすら思ってるよ。この大きなチャンスを活かして、俺は自分なりの「健康」を探求していきたいとそんな所存だ。

だからこそ最後に書いておこう。

無事にこの本を出版した後の済東鉄腸よ、ちゃんとジム行ってるか？

このエッセイではいい面してるが、実際は調子に乗ってチョコザップで連続で筋トレしてたらトンデモねえ筋肉痛が来て、さらにそこで風邪まで引いたせいで過去に類を見ない寝込み方をしたよな。ダルすぎてベッドにずっといて、神経痛まで酷くなって夜に眠れなくなるとかヤバかったな。調子乗って筋トレやった運動不足の人間が襲われる体調不良で役満起こしたわけだが……その経験を経て後、今ちゃんとチョコザップ行ってるか？

ラットプルダウンとかちゃんとやってるか？

エレンタールをプロテインのように飲んでいるか？

普段着のおばちゃんたちの背中を今でも見据えているか？

俺は、お前がこの本のこのページを見た日にもちゃんとチョコザップに行っていることを願う！

はじめての、相分離生物学的卵かけご飯作り

Respect for 白木賢太郎

誰かが自分のために作ってくれた料理、食べたくねえ……

これを聞いて、読者諸氏は「ん、逆じゃね？　誰かが自分のために作ってくれた料理、食べてえ……じゃねえの？」と思うかもしれない。だが逆じゃないんだな、これが。

聞き手の耳が腐るほど話した通り、俺はクローン病という消化器の難病を抱えていて、多大なる食事制限がある。脂質は30グラム以内に抑えるべきだったり、不溶性の食物繊維は消化に良くないので摂らない方が吉だったり、このまま書いてるとウンザリして江戸川に飛びこみたくなるような制限事項が沢山ある。

だからつまり、俺の場合は誰かが自分のために作ってくれた料理ってのはこういうクローン病の食事制限に則した料理になるわけで、これが辛い。クローン病が一番酷かった頃は母親に全面的に介護してもらっていたわけだが、料理に関しては未だに介護って感じで作って

もらっている。

それで色々と工夫してもらってるわけだが、どんな人でも、プロの料理人ですらもこの厳しい条件で作らされたらそりゃ味気なくなるだろって料理を毎日作らせてしまい、心の底から申し訳なくなる。

特に脂質制限がゆえに、俺の食べる料理には油が全然存在しないのが辛い。油は誰でも気軽かつ簡単に使える万能のうまみ調味料ってわけでね、それを使えないと料理が一気に味気なくなるって感覚がある。一番好きな料理が鶏の唐揚げと豚骨ラーメンだった俺には、その味気なさもひとしおだよ。

でさ、家には具材に温風を当てて油を落とすってヘルシー調理機があるんだが、これが作動する時にグボォォオォォォォって禍々《まがまが》しい音が家中に響くんだよ。

この響きは料理のうまみが殲滅される断末魔みたいなもんで、俺には恐ろしくて恐ろしくてしょうがない。俺が消化器の難病を患ってるって耐え難い事実を鼓膜を越えて脳髄へと刻みつけられるような気分だ。

これが二階の子供部屋に引きこもってたとしても、それに加えてイヤホンつけてSpotifyで音楽を爆音で聴いていたとしても絶対に聞こえるんだ。

しかも何か体の芯がその響きで音叉みたいに震えるんだよ。これがトラウマで、俺は料理が作られている時間に家にいることに抵抗感すら感じるようになってしまった。

そして「誰かが自分のために作ってくれた料理、食べたくねえ……」の「誰か」で最も大きな存在は他ならぬ俺自身なんだ。

クローン病当事者の俺が作る料理は味気なくなるのはもちろんだが、病気への絶望感から自棄になって、真逆の制限破りまくり超不健康料理を作ろうとする時もある。外食とかでもやらかす。

こうなるともはや自傷行為と何ら変わらない。俺の料理は憎の修行か、自傷行為にしかならない。そんなやつが作るのなんて、絶対食べたくねえよな。

というわけで俺にとっちゃ今はもう、食事と料理自体がトラウマになってしまった。


だが、こんな「生活」の技術に乏しい俺でも昔は料理をちょくちょくしていた。

その始まりは中高時代だ。俺はどの学校によくいたバレンタインに誰からもチョコがもらえず鬱屈をこじらせる十代だったんだが、そこで俺は友人たちとコンビニで買ったチョコを渡し慰めあうみたいな方向性には行かず、自分でチョコを作って自分でそれを喰うってことをやってた。

それで何かお菓子作りにハマって、チーズケーキとかエクレアとかを母親の力を借りながら、頑張って作ったりしてたんだよ。俺が生涯最初に買った語学テキストである『文法から学べるイタリア語』（京藤好男著、ナツメ社）には何故か、そうしてスイーツ作りをしている俺の写真が挟んであったりする。もはや幾星霜も前のことに思えるよ。

これと並行して、いつの間にかちょいちょい母親の料理の手伝いもするようになっていた。昔、俺は偏食家かつ喰わずぎらいの典型例みたいな人間で野菜も果物も全て食べられず、例えば寿司でもマグロかサーモンかイクラか納豆しか喰えないくらいのヤバさだった。マジで肉しか好きじゃなかった。

だがスイーツ作りの延長線上で料理の手伝いをするうち、具材や料理それ自体に親しむことで嫌いだった食材も少しずつ食べられるようになった。特に野菜への好き嫌いは劇的に改善されて、生のトマトにキャベツにレタスにとそういうのはむしろ前のめりで食べるようになった。

それで引きこもり時代にも、料理の手伝いは結構続けていたんだ。覚えているのは、エリンギとベーコンをたくさんブッこんだペペロンチーノを豪快に作ったり、鶏の唐揚げを下手くそなりに頑張って揚げてみたりした時のことだ。これに関しては、確かに楽しかった。スイーツ作りもそうだが、やりたかったからやっていた。

それが……今はこのザマだよ、はは。

ここまで読んでの通り、甘ったるいものと脂っこいものが大好きだった俺は元々90キロあったが、クローン病で苦しんで、しかも病院に行くのが怖くてずっと逃げていた挙げ句、半年強で40キロくらい減っちまった。今はある程度体重は戻ったが、それでも消化器の健康を気にしながら食事制限が一生っていうね。

まあさ、すでにチョロっと書いたが、実を言えば今はいわゆる寛解状態だから、制限なしに普通の食事をしてもいいっちゃいい。何を食べてもいいんだ。クローン病患者の中じゃ、多分俺は全然健康な方で、ここまでの状態に戻してくれた医療に感謝だね。

だが、それでも、そういう食事の直後に下痢や腹痛が襲来する可能性があり、且《か》つその食事が自分の状態を寛解から引きずりおろすトリガーになるかもしれないが、それを覚悟した上でなら食べてもいい。もはや常にそういう感じなんだ。俺の腹には、何を喰うにも常に覚悟が要求されるって状況が広がっている……

こんなんじゃさ、自暴自棄にもなるやろ、なあ?!

だがこうして俺の感情方面が自暴自棄になる一方で、俺の理性方面はこう告げてくる。「生活」をやっていく、というか「看る」をやっていくにおいて、この料理や食事って行為は絶対に避けては通れないものだ。いつかはこれと向き合う必要があると。

この本の執筆に取り組んで半年以上が過ぎたが、料理と食事に向き合う必要性は頭に何度も何度もチラついたよ、もちろん。

だが実際、上記の理由で、向き合うことに最も勇気がいって、今の今まで先延ばしにしてしまった。

だが、とうとう勇気を出すべき時が来たとそう思っている。

で、俺は料理に対して無力感に溢れる状態で、これ作ってみたいなと思えるものを一つだけ発見していた。

それこそが……「相分離生物学的卵かけご飯」！

これは白木賢太郎という生物学者が執筆した『相分離生物学の冒険　分子の「あいだ」に生命は宿る』（みすず書房）という本に出てきた。相分離生物学ってのは「分子と分子の相互作用を主役にし、分子ではなく分子集合物を生命の理解の単位に」した生物学らしい。俺も正直ちゃんと理解できてないけども、分子一つ一つでなく分子同士の繋がりにこそ注目している学問なんだってさ。

で、その視点からタンパク質とそれを溶かすアルギニンという成分について解説する項の最後にこんな文言が出てくる。


締めくくりに、相分離生物学的に考案した、ふわっとした卵かけご飯のレシピを紹介しよう。卵白の成分はタンパク質と低分子だけなので泡立ちやすいが、加熱すると凝集してしまうし、塩や脂質も泡立ちに悪影響をおよぼす。そのため、まず先に卵白だけを取りわけてよく混ぜておくことが大切である。メレンゲを作る要領だ。次にご飯とからめて黄身を割ってとろりとさせ、その上に醤油を足らす。あまり混ぜずに食べた方が、卵白のやわらかさと黄身のコク、醤油の風味がそれぞれ生きてくるはずだ。

本を読んでて、何か相分離生物学すげえって思いになってたから、いきなり相分離生物学的卵かけご飯のレシピなんて出てきてさ、科学者がその知性を使って全力でおふざけかましとるわ！と俺は深く感銘を受けたんだ。

そして不思議とこれこそが、もう料理も食事もコリゴリだと思っていた俺に料理してみたいという思いを抱かせてくれたんだった。

とはいえ、俺の絶望感や無力感は一朝一夕なものじゃあなくあまりにもデカかった。だからただ作りたいと思っただけで、実際には作らないまま数ヶ月が過ぎちまった。

それでも「相分離生物学的卵かけご飯」のインパクトはデカくて、頭に作ってみたいという思いが浮かんではスッと消え……というのが定期的に繰り返されていた。その思いはこの本を執筆する中で大きくなっていくわけよ。

そしていつしか「生活」をやろうって思いと重なりあい、俺の頭に東から昇ってくる太陽さながら再び現れたのさ。

よし、今こそ作るぞ、相分離生物学的卵かけご飯！

いつかの朝、俺の目の前には三つのものがあった。

卵、ご飯、そしてコルトンのＫＡＬＤＩで買ってきた「たまごにあうお醬油」だ。どうせだからそういう卵かけご飯用の醬油を買ってきたんだった。

これらを前にして、俺は武者震いだったね。「生活」そのものと対面している気分ですらあったよ。

ここで思いつくことがあった。もちろんすぐに相分離生物学的卵かけご飯を作るのもいいが、まずは普通の卵かけご飯を作って食べ、それと比べる形で味わうべきではないかってことだ。この方が相分離生物学的卵かけご飯の特徴がよく分かりそうだし、ありがたみも深まるってもんだ。俺はまず普通の卵かけご飯を作ることにした。

これに関しては初めてじゃあない、前に何度も作ったことがある。何のことはないよ。そのまま卵の中身をご飯のうえに落っことし、そこに醬油をかけてガンガン搔きまぜまくる。それで間髪入れずに口んなかに卵かけご飯をブッこむ！

これはもうめっちゃベッチャベッチャしていて、旨かった。

卵とご飯と醬油が荒々しく一体化して、濁流さながら口で荒れ狂ってるんだが、なかでもこの醬油はなかなかに味が濃くて、まろやかな卵の風味に負けないしょっぱさがある。これがグワッと刺激的だったね。

俺は不健康なのが好きなんでさ、こんときばかりはクローン病やら生活習慣病やらは無視して、ここにさらに醬油を入れて、まるで麵でも啜るかのように喰らったよ。

これはマジに普通に旨い。さすがに「たまごにあう」を堂々と標榜するだけはあると感心しちゃったね。

そうしたら、あっという間にご飯が残り少なくなって、寂しさを感じたよ。でも勢いは止まることなしに、真っ黄色と濃い茶色の混ざった至極の汁をご飯粒とともにドゥルルッと啜っていったね。

旨かった。でも無くなっちゃって、悲しかった。

こういう複雑な満足感に長く浸れりゃいいんだが、俺の場合はこの後に必ず薬を飲まなくちゃいけなかった。

整腸剤であるミヤBM錠一粒、免疫抑制剤アザニン一粒。顆粒タイプのペンタサ一つを飲まなきゃいけないだよ。さらにはもう一つ、エレンタールという経腸栄養剤も描写はしなかったがご飯を食べている時に同時に飲んでいた。

俺にとって朝が憂鬱なのは、このタイプの違う四つの薬を飲む必要があるからだ。昼以降は量が少なくなるが、朝はこの四連星を耐える必要があんだよ。

これをかれこれ三年毎日続けていて、かつクローン病は治らないんで一生飲み続けなくちゃあならないのがさ、やっぱ辛えわ。

で、薬を飲むなかで何かこういう現実を改めて思い知らされて、また凹んだ。

相分離生物学的卵かけご飯を作る意欲も自然と減退していっていた。まずったよ、比較して味わうために普通の卵かけご飯作るとか余計なこと、マジでしなけりゃよかった……こういう思いに俺は打ちひしがれた。

そんな落胆のなか、あるひらめきとともに積ん読の山から引っ張り出したのは、料理家の山口祐加と精神科医の星野概念が執筆した『自分のために料理を作る　自炊からはじまる「ケア」の話』（晶文社）という本だった。

この苦闘の少し前、蔵前の透明書店って本屋に行ったんだが、題名を見た瞬間に俺のために書かれたのか⁉って衝動的に買っちゃったよな。でも俺の状態が状態だから何か即読むとかそういう気にはなれずに積ん読化してしまった。

しかしここで読まなきゃいつ読むよ⁉とばかりに、読んでみたんだ。

この本は、著者たちが自分のために料理がどうしてもできない人と対話することでその人が何故それをできないのかを解きほぐしていく様を記したって本だ。料理と自尊心の密接な関係性だったり、どうして自炊をするのか？という根本的な問いだったり、全体として自炊をめぐる哲学書のようにも感じられた。

そしてここに綴られる言葉の数々は、クローン病で料理や食事がもはやトラウマと化した俺にビシバシ響いてくるんだよ。この中で山口は、料理を楽しむということを何度も言っていて、できた料理という結果以上にその過程こそを「味わう」ということを星野とともに提唱していて、ここが特に印象的だった。

というのも俺はもう「味わう」ってのには、自分のクソったれな現状をより深く認識せざるを得ないという意味でもうホントこりごりで、以前から食べる速度は早かったんだが、苦業を早く済ませたいとばかり更なる早食い化を遂げちまった。

逆にこうじゃいけないから遅くしようとすると、スマホとかを見まくって強引に食事から意識を散らすことでしかゆっくりと食べられない。料理に関しちゃ、もはやることに何の意味も見いだせなくなり全放棄ってわけだな。

そのなかであの相分離生物学的卵かけご飯だけは作りたいという思いが自然と浮かんだ。これってつまり……俺も料理や食事を楽しみながら味わいたいってことなのかな？

俺は「生活」を味わいたいってことなのかな？

そんなことをこの本を読みながら、思ったんだった。

そうして翌日、俺は相分離生物学的卵かけご飯作りを始める。

まずは「先に卵白だけを取りわけてよく混ぜておくこと」ってのをやってみる。

このためにちゃんと容器を用意した。それはピンク色のザルで、長年母親が使ってきたから色褪せてはいるが、それが長年の相棒感を醸し出しているみたいだったね。

で、俺は卵を割って、でもその中身をドバっとご飯にブチまけることはしないで、ピンク色のザルの上で黄身を片方の殻から殻へと落としていく。こうすると白身だけがドロっとザルに落ちていくわけだね。

重量のある粘液がボォっとリとゆっくり落ちる様はよくよく見れば珍妙で、俺のなかの小学生が爆笑しているのが聞こえたよな。

こうやって白身を分けたなら、黄身を皿に移した後に白身を掻きまぜる。白アスパラガスみたいな腕が痛むのを感じながらこの回転運動を繰り返すうちに、そういや昔お菓子を作っていた頃にはこの一連の作業を何度もやっていたなって思いだしたよ。あのレシピには「メレンゲを作る要領」って書いてあったが、正にそれをやってたんだった。懐かしかった。もはや戻ってこない時間だと思うと、切なさが込みあげてきた。

だいぶ泡立ったので掻きまぜるのを止めると、右腕が心地よい疲労感で満たされる。こいつはダンベル持ったり、ジム行ってラットプルダウンやった時の感覚に似ていたよ。

そして次に、事前にレンジでチンしておいたご飯のうえに白身を絡めていく。

昨日とは違いデュチャデュチャには掻きまぜず、スッスッと白米に馴染むような感じでそっと混ぜていく。レシピにもそこまで混ぜないほうがいいって書いてあったしね。

で、その上に黄身を置いて、箸で割ってとろりとさせる。こっちはほとんど混ぜることなく、自分で白米に滲んでいくままにした。

そのゆっくりとした様を眺めるのは、岩にくっついたコケの姿を眺めるような瞑想的な感覚があった。さらにあの「たまごにあうお醤油」をたらすと、今度は絵の具をキャンバスに流したかのように艶のある茶色が広がっていった。

これで相分離生物学的卵かけご飯の完成である。

俺自身が作った料理を前にして、一種厳かな気持ちになった。

食材に対してはもちろんだが、いつも料理を用意してくれる母親だったり、こういう食材を育んでくれた世界そのものだったり、様々な存在に対する感謝が自然と湧いてきた。

だから俺は言ったよ、いただきますってさ。

相分離生物学的卵かけご飯を口に入れた瞬間、レシピに書いてある通り、本当にフワッとした優しい感触があった。何だか驚いてしまったよ。昨日の卵かけご飯に感じたベチャベチャ感は一切なく、トゥルっとしていた。

それから前は三つの素材が荒々しく激突でもするように一体化していたけども、こっちはそれぞれが尊重しあい食感も馴染んでいる。正に「あまり混ぜずに食べた方が、卵白のやわらかさと黄身のコク、醤油の風味がそれぞれ生きてくる」という食感だね。

そうか、これが分子一つ一つでなく、分子同士の繋がりにこそ豊かさを見る相分離生物学というわけか……冗談でなくそう思ったんだ。

昨日の卵かけご飯の旨さを形容するなら、ジャンク的な不健康な旨さって感じだ。

別にまずいとかではなく、普通に美味しい。時々は食べたい。

だけども相分離生物学的卵かけご飯は、舌や口内をそっと撫ぜるような健やかな旨さを感じたんだ。昔から偏食家で味が濃かったり脂っこかったりを貪欲に求め続けていた俺が、こういう繊細な味わいに旨みを感じるのは自分でも意外だった。

そして前者に関しちゃ、貪るって感じですぐに喰い終わったけれども、こっちの場合はその繊細さがゆえに時間をかけて食べることができたんだった。

料理にも食事にも普段より時間をかけたから、久しぶりに誰の力も借りずにこういう行為と向きあうことができたような感覚があった。

『自分のために料理を作る』ってあの本は副題が「自炊からはじまる「ケア」の話」ってのだったが、本を読んだ後にその自炊を実践することで、この「ケア」……いや「看る」ってことの意味が心で理解できるような気がした。

こうして名残惜しくも相分離生物学的卵かけご飯を食べ終わって、昨日と同じく悲しくなった。

それでも前向きな感覚がある。また食べたいな、また作ってみようかなって。

とはいえ……俺の場合はここで終わらない。薬を飲まなアカンわけよな。

さてもう一度復唱。整腸剤であるミヤBM錠一粒、免疫抑制剤アザニン一粒、顆粒タイプのペンタサ一つを俺は朝には飲まないといけない。

まずは錠剤の薬を口に放りこんでお茶で飲み干す。こっちは特に支障はないんだよ。

問題はペンタサだね。顆粒ってつまり袋には無数の粒々が入ってるんだよ。だからそのまま飲もうとすると、粒が口とか喉にくっついてとんでもないことになっちまう。だから先にお茶で口を満たしたうえで、口内には直接ひっつかないように顆粒を投入するわけだね。それからやっと飲みほす。

昔は口に粒がくっついて噎せそうになったこともしばしば。今でもやらかしかけるよ。そうでなくても袋をテーブルに落として無数の粒がブチ撒けられることも、まあ時々。今後とも気をつけます。

そしてもう一つエレンタールという経腸栄養剤も、ご飯を食べている時に同時に飲んでいるとは説明した通り。これがタンパク質補給用の栄養剤なんだが、水に溶かすだけでは液状のじゃがいもを喉に注ぎ込まれているようで空前絶後のまずさだ。

だからそれを隠蔽するために様々なフレーバーがあるんだが、俺はヨーグルトのフレーバー一択。飲んでみりゃ分かるが、死ぬほど甘くて正に俺にぴったりだ。

これに関しちゃ、シンプルに頑張って飲んでる。本当は時間をかけてチビチビ飲むべきなんだけども、俺は結構な勢いで一気飲みする。いやこれも味わうべきなんだろうが、それは次の機会で勘弁な。

そしてもう一つ、食事の後に忘れちゃいけないことがある……それはもちろん食器洗い！薬を飲む前、ご飯の器には水で満たして汚れを落としやすくしといたんで、早速箸と一緒に洗っていこう。

だが蛇口を捻ったら、めっちゃ冷てえ！

痛くてヤベッとなったから台所横の給湯器の電源をつけて、しばらく冷水を出しっぱなしにする。しばらくしてから機を見計らい手を出してみると、ぬくくなってた。

だから適温になるまで、俺はぬくい水で自分の手をゆっくりと洗っていくことにした。トイレでのあの三十秒手洗いの要領でね。ほっと一息つくにはいい時間だ。

温度が十分になったら、スポンジに洗剤をつけ、ギュッギュと泡をだして、そうして器を洗っていく。あのキュッキュってお馴染みの音は食器が綺麗になっていく音なんだっていうのを味わえるいい時間だな。

そして食器を洗ううちに色々と考えるんだ。

最近俺は食欲の人あめこって人が書いた『胃弱辛拉麺食記』っていうZINEを買った。そこにはお腹が弱い人でも韓国のめっちゃ辛い辛拉麺を食べれるように工夫したレシピが載っていて、クローン病の俺には正にうってつけの本だと思ったんだ。この中のレシピを使って、次の自炊ってやつをやっていきたいってそんなワクワクを抱かせてくれる一冊だった。こういう経験を着実に積み重ねていって「俺が俺のために作ってくれた料理、食べてえ……」と思えるようになりたい。

それと同時に、俺はマジに今後「生活」ってやつをできるんだろうかっていう恐怖も心の奥底から湧いてくる。

約三十年間実家を出たことがない……

自分も老いていくなら親だって老いていく……

実はこの執筆の裏側で確定申告で大失敗を犯し母親に尻拭いしてもらったばかり……

そんな俺がこれから本当に「生活」ができるんだろうか。「生活」の偉大なプロフェッショナルである母親に対して、恥じない生活をできるようになる日は来るんだろうか。

そんなワクワクと不安のなかで食器洗いを終え、次は食器を拭いていく。

その表面がピンクで、裏面が濃い灰色の布巾は、俺が買った梨柄のハンカチなみにモポモポしていて触っていて気持ちがいいんだ。それを使って食器から水分を丁寧に拭き取っていくと心まで綺麗になる気がするね。

こうして拭き終わった食器は、もちろん食器棚にまで持っていく。

その大きくてくすんだ食器棚は、俺が物心ついた時から家にあって、食器だったりお菓子だったりを収納してくれていた。

箸は引き出しになっている棚、ご飯の器は引き戸になっている棚に収納されている。

俺はゆっくりと、これらをあるべき場所に片していく。

そしてそれを閉めた時のガタンという音が俺に告げてくれるんだ。

今日の「生活」が始まったと。

はじめての、バンドにファンレター

Respect for Ataque Escampe

俺の性格は逆張りで、捻くれに捻くれている。だからこそ他の人が知らないルーマニア語って言語に人生を全賭けしてまさかの大当たり、人生の大逆転をかますことができた。だが逆に言えば、この捻くれた性格のせいでそれまでの人生で多大なる失敗を犯してきたようにも感じるよ。例えばコミュニケーションのやり方もかなり皮肉っぽくて、感情を素直に表に出さない、いや出せない感じで人付き合いをしてきた。そのせいで人間関係にしろ、人生を好転させる機会にしろ、様々なモンを失ってきた。

だがこの姿勢を抜本的に変えてくれたのが……やっぱり語学だった。

こういう皮肉っぽい接し方だったり言葉遣いだったりは大分文脈に依存するようなやり方であり、母語である日本語なら結果がどうあれ一応伝わることは伝わった。だが外国語だとそうはいかない。この文脈依存なコミュニケーションは、複雑な文法や数多くの語彙を学びとってからじゃないとできるわけもない。

それにいくら捻くれてるとはいえ、勉強の初期段階においては相手に誤解されたり、厭な印象を与えるような振る舞いはしたくなかったから、より単純な文章、正確に言えばたった一つの意味にしか取れないような文章を書くことを心掛けていた。というかまあ、そもそも最初はそういう文章しか書けないけどね。

ここにおいてはこっちが抱いている感情を、ただただ素直に伝えるように自然となるんだ。あなたの映画にとても感動しました、ありがとうございます。あなたの記事のおかげでルーマニアの音楽をたくさん知れました、ありがとうございます。

こっから文法を学ぶことにより複雑な文章が書けるようになって初めて、母語ほどとは言えないが、捻くれて皮肉っぽい文章を書けるようになる……んだけど、ルーマニア語でこれを数年続けて、ある程度そういう文章を書けるようになった時には俺の姿勢にある変化が起きてた。

むしろ自分の想いや感情は、素直に伝えた方がいい！

素直になることを恥ずかしがらず、相手に感謝や敬意を伝えると、相手もそれに応えるように「ありがとう！」と返信してきてくれたりする。そしてこっから長きにわたる交流が始まるっていう時すらある。これに気づいた時からは、意識的に単純で素直なコミュニケーションを心掛けるようになった。そうしてルーマニアの人はもちろん、ルクセンブルクの小説家、マルタ共和国のミュージシャンと友人関係になったり、かけがえのない繋がりを得ることになった。

そしてこの単純さを志向するコミュニケーションが特にルーマニア語勉強によって叩きこまれた後、母語である日本語でのコミュニケーションにも自然と逆輸入されることになる。そうなると特定の言語でだけでなく、そもそものコミュニケーション方法それ自体が捻くれたものから分かりやすいものになっていくんだよ。

普段の言葉遣いがより単純になったのは勿論だが、書き言葉においても訳の分からない批評用語や文芸的な言い回しなどは徐々に影を潜めていき、今、読者の皆さんに読んでもらってるようなざっくばらんで、軽やかな文体になっていった。その文体の一つの結実である千葉ルーで、今度は日本の人とまたかけがえのない繋がりを得られるようになったわけだね。

こんなとんでもない成功体験をかますと、もうやたらめったら様々な言語で感謝のメッセージを送るようになるんだよ。そのうちに、この「勉強している言語を母語とする人に、その言葉で感謝を伝える」というのは語学における動機、そして勉強における目標として素晴らしいものだと気づいたんだ。感謝ってのは語学を語「楽」に押しあげる、最上の要素ってわけだね。


で、今俺が語楽においてハマっているのが、ガリシア語なんだ。

ガリシアはスペインの自治州の一つで、日本でも独立運動とかで有名なカタルーニャやバスクに並んで、独自の文化や言語を持つ地域なんだ。実は十数年前から、この地域から才能ある映画監督が現れ、国際的に評価されている。この現象はNovo Cinema Galego（新たなガリシア映画）なんて呼ばれているよ。映画批評家として俺も色々とガリシア映画を観たんだが、個々の好き嫌いは措いておくにしろ、大分クセのある個性的な映画が多くて興味深い。

こうなると語学オタクとしてその言語にも興味持っちゃうわけだね。俺は市川市中央図書館に行って『現代ガリシア語文法』（朝香武和著、大学書林）と『ポルトガル語からガリシア語へ』（富野幹雄著、大学書林）を見つけ、これを片手に勉強を始めたんだ。

このガリシア語、なかなか個性的だ。ガリシア語は同じロマンス諸語であるスペイン語とポルトガル語のハイブリッドのような存在で、双方の文法が他にはない形で混ざりあっている。まるで「光は粒である」と「光は波である」という矛盾するはずの要素が一つのなかに同居する、そういう相補性が宿っている。

こうしてガリシア語に魅了されたわけだが、勉強に拍車をかけたのがガリシアの音楽だった。俺はSpotifyで世界中の最新曲をディグるのが語楽に並ぶ趣味で、最近はマルタ共和国やフェロー諸島のインディーズ音楽がお気に入りだったりする。

ガリシアの音楽にも興味が湧いて、検索していたらAtaque Escampe（アタケ・エスカンペ）っていうガリシアのバンドを発見したんだよ。彼らの最新アルバム“Cabalgata”を聴いてみたらこれが大ヒット。ロックにサルサ、ヒップホップにエレクトロニカとジャンルを越境する音が持ち味なんだが、それにまとまりを与えるのがボーカルの魅力的なダミ声なんだ。これがガリシア語の響きか！と鼓膜を吸い寄せられた覚えがある。

こっから俺はハチャメチャにガリシア音楽をディグりまくった。プログレと民謡を融合させたMoura（モウラ）、カントリーでトランス男性の生き様や肥満嫌悪批判を唄うEric Dopazo（エリック・ドパソ）、脳髄にビートをブチかましてくれるフェミニスト・ラッパーのNadie González（ナディエ・ゴンザレス）などなど。

その質はピレネー山脈よりも高かったが、このディグを経ても自分の頂点は変わらずAtaque Escampeだった。聞きながらガリシア語の勉強ももう捗る捗る。

そうして芽生えてきたんだよ、ガリシア音楽に出会わせてくれた感謝を彼らに伝えたいってね。

語楽を極める旅路において、気づいたことが一つある。海外というか他言語の文化でも、言語が明らかな障壁になる文学や音楽に比べると、音楽はSporifyやApple Musicなどのサブスクのおかげで、最新のそれにめちゃくちゃ触れやすい。

そして向こう側もその触れやすさを踏まえてか、世界中のリスナーと交流するための窓口、例えばFacebookやInstagramのアカウントを持っている。映画監督や小説家に比べると、その割合は結構高いと個人的に感じている。だから彼らに彼らの母語でファンレターを送ることのハードルはかなり低かったりする。実際Ataque Escampeも上の二つに加えてTwitterまで持つくらい。ということで思い立ったが吉日、俺は文法書とオンライン辞書を傍らにしてタブレットで頑張ってガリシア語のファンレターを書いてみることを決意した。

一人でまず日本語で元の文章を書いていく。やっぱ母語で基礎を組み立てるのは重要だ。これがあるだけで文章の練度は大分違ってくる。昨今、英語を勉強するよりまず日本語を勉強しろという声がデカいのは、こういう側面があるからだろうな。

そしてそれをガリシア語に翻訳していくという本番が始まるわけだが、これはガリシア語との対話であり、ガリシアの人々との対話ともなっていく。自分の語学力も鑑みたうえで相手に伝わる文章を書くのは、これはつまりその外国語における理想的な表現と自分の語学力の間でバランスを取る営為に他ならないわけでかなり難しい。

しかもかなり単純な文章を用意したはずだのに、訳そうとすると実際はそれすら翻訳できないくらいの語学力しか自分は持っていないことに気づき、愕然とする瞬間も多々あるわな。俺、こんな簡単な文章すら訳し方分かんねえ！って。

それでも徐々に文章が完成していくことへの興奮は半端ない。こうさ、自分の語学力がゆえ三十秒に一回くらいオンライン辞書を引いていると、あまりの反復に疲労感より楽しさの方が勝ってくる。その感覚はドラッグ体験みたいと思えるほどで、反復ってやつの中毒性はマジに高い。これは時間のかかる実物辞書での検索では間違いなく味わえないもんだ。

そしてこうやって終わりなきオンライン辞書検索の反復の最中、何というか忘我の境地に至る瞬間がある。周りにある何もかもが意識の外にあって、ただただ外国語だけと向き合ってるって感覚だな。もはやその外国語と己が一体化しているっていう感じだ。

そしてこれはなにも部屋に引きこもってるからなるわけじゃない。無料 Wi-Fi の繋がるコルトンのベンチでも、こういう感覚は味わえる。というかむしろ、そういう人がいっぱいいる場所に無名の人として埋没しているその時にこそ、こういう忘我は味わえた。

そして時間をかけてそれが完成した時の達成感は半端ない。脳みそに溜まった疲労感も吹っ飛ぶ！

で、俺はこんなメッセージを書いた。

Gústame cultura galega, especialmente película e música contemporánea! E recentemente eu descubrín os cancións do Ataque Escampe sobre Spotify, e escoitei os vosos albums como Violentos anos dez, Cabalgata etc. Moi fermoso e marabilloso!

（私はガリシア文化が好きです、特に現代の映画と音楽が好きです！　最近 Spotify で Ataque Escampe の曲を見つけました。それから“Violentos anos dez”や“Cabalgata”などのアルバムを聴きました。とても美しく、素晴らしいものでした！）

この文章と向き合いながら、ドキドキしたよ。この文章はガリシア語で意味通じてるかなとか、こんな単純な文章で思いが伝わってるかなってさ。だけど今までの経験から分かっている、こういうのは考えるだけ無駄！　コピペ＆ワンクリックで一発で届くんだから、とにもかくにも即送ったれ！ってね。

大丈夫かなとか思う時間なんか一瞬だけしか自分に与えず、ノリでFacebookアカウントに送ったよ。でさ、これがもし手紙だったら大分待つんだろうけども、何と一日も経たずに速攻で返信が返ってきた！

Ola, Tettyo Saito! Un pracer tamén para nós saudarte.
（やぁテッチョー・サイトー！　こちらこそ宜しく！）

そこからメッセージへの感謝や、何でガリシアの文化に興味を持ったのか？って質問とかも書いてあって、読んでてマジに感動した。特に印象に残ったのはこの文章だ。

Cando gravamos o disco Primeiros bicos, escoitabamos moito a un músico xaponés,

Shintaro Sakamoto, así que se cadra tamén temos algunha influencia de Xapón.
（自分たちが"Primeiros bicos"ってアルバムを作った時、坂本慎太郎って日本のミュージシャンの音楽をよく聴いてたよ。他にも日本からの影響があったりするよね）

まさか遠いガリシアの人が日本の音楽を聞いているなんて驚いたよな。そして逆に俺は、さすがに名前を聞いたことはあったけど、坂本慎太郎の曲を聴いたことがなかった。逆張りとはいえさすがにこれはアカンと思って、Spotifyでゆらゆら帝国を聴き始めたよ。

だが何より嬉しかったのは、これ、ガリシア語で返信が返ってきたってことは、俺のガリシア語は「ああ、この人にはガリシア語で返信送っても通じるな」と思われる水準にまでなってるってことなわけじゃない？ 語学学習者としての感動がめっちゃデカかった。

この後も、ちょいちょいメッセージが続いたりしてる。前にコンサートの写真をあげてたから"Guapísimo! Oxalá puidese ser no voso concerto!!!"（めっちゃクール！ 俺も君らのコンサート行けてたらなぁ）ってメッセージ送ったら、"Tes que vir a un!"（お前はいつかちゃんと来なきゃダメだぜ！）って返信してくれた。こうやってガリシア語で話したりできる……感動やね。

俺が思うネットのいいところは、ここが本質的に軽い場所であるがゆえに、人と簡単に繋がることができることだ。そしてそれは、世界のどこにいるとか関係なしに、軽やかにメッセージを送りあうことができることも意味してる。

確かに実際に手紙を書くってのは素晴らしい経験だけども、その素晴らしさゆえかなり重い意味も持っているわけで、そう気軽にやれることではない。

だがネットを通じてファンレターを送るならハードル低めだしやれる！って人、少なくないんじゃないかと思う。この軽さはぜひとも人生を豊かにするために活かすべきだ。

とはいえ軽いがゆえに、ここに現れる言葉は簡単に軽薄なものになってしまい、感情を煽り煽られ、憎悪の温床になってしまいもする。だからこそ俺は意識的に、ネットにはより感謝の言葉を書こうと試みている。それこそ手紙でも書くかのように、丁寧に言葉を紡いでいくってことは、そういうネットの難点を回避する方法にもなりうるんだ。

そしてこういう活動を英語やルーマニア語という外国語において続けることによって、語学においては勿論、コミュニケーション一般においても感謝の言葉を言ったり書いたりするというのは大きなモチベーションになると気づけた。

そして今はこの感謝をガリシア語でやっていくことが楽しい！

ネットはこういう風にして引きこもっていても、感謝という行為を通じて世界を広げてくれるんだ。だからこれからもそのネットの正の側面や可能性を探求していきたく思っている。

ということで感謝とともに、自由自在に世界を飛び回っていきまっしょい！

はじめての、母親にバースデーカード
Respect for お母さん

その時、俺はコルトンのフードコートにいた。フードコートの端っこにある席に座って、Loftで買ったバースデーカードを前にうんうんと唸っていた。母親が誕生日で、彼女に何という言葉を贈ればいいのか、悩みに悩んでいたからだ。

「脱引きこもり」を実践するなかで、俺は必然的に引きこもり時代のことを何度も思い出さざるを得なかった。ベッドに寝転がって動けなかった時、ストゼロ飲んで酔っ払ったまま道を歩いていた時、風呂場の壁越しに親の喧嘩する声が聞こえた時……そういう暗黒の時代を、千葉ルーを書くことによって「この時代にも意味があった！」と肯定しながら、その一発で完全に受容できるほど生半可なものではなかったし、あの時代に色々なものを犠牲にしてしまったという罪悪感が未だに、いや回復の途上にある今だからこそ込みあげてきて、耐えがたくなる時が頻繁にある。

その罪悪感の中でも、かなりデカいのは親に関することだ。以前、客観的に自分を見れなかった引きこもり時代は、俺をこの世に生んだ親に対してひたすらに憎しみばっか向けてきたし、それこそ心のなかじゃ「毒親」って言葉で彼らを呪っていた。

だが今、少しずつ自分の人生を客観的に見れるようになってきて、俺はマジに、親の人生をめちゃくちゃにしてしまったということを、何より自覚せざるを得なくなった。子育てに関しちゃ、特に母親に対する申し訳なさは半端がない。実際は父親だって生殖に関わってないわけないのに、その腹を痛めて俺を産んだという事実からだけで、母親に反出生主義的な怒りをより覚えてしまっていた。フェアじゃないと分かりながら、明らかに母親側に偏って「俺は被害者だ！」って主張してるフシがある。

日常においてなんだが、母親はとにかくめっちゃ喋る。一緒の空間にいる時は、頻繁にこっちに話しかけてくる。だから俺も応えるわけだけども、かなり疲れる。

俺、こういう書きにおいてはじっくり考えてから言葉を記せるから、長く饒舌な文章を書くにおいても余裕をもって、そこまで体力も使わずにできる。会話においても俺は饒舌っちゃ饒舌だが、瞬間瞬間に言葉のキャッチボールをしなきゃいけない状況だと余裕がなくてかなり疲れる。だから仕事するとか人と会うって予定を前に「これから会話をするぞ！」って準備をした時だったり、もしくは体力がありあまってる時じゃないと上手くできない。だから日常において何気なくする会話って、いつ起こるか予測不可能でどれだけ続くかも分からず未知数だから、一番苦手だ。

だが一方で母親はこの日常会話の方が全然得意だし好きで、ここで齟齬《そご》が発生するわけだ。相手は乗りに乗って話して疲れ知らずな一方で、俺はどんどん疲れてくる。そしてこうなるとイライラしてくるし、時々彼女はマジに余計な一言を言う。服がダサいとか、ラジオでの喋り方はこうした方がよかったとか。むしろこういう些細なことでこそ、俺の反出生主義的な怒りに着々と薪がくべられて被害者意識がまた悪化するって感覚がある。

だけど客観的になればなるほど、自分は被害者であるばかりでなく、ここにおいては加害者なんだという思いが強くなってくる。俺が母親たちに一体どれほどの犠牲を強いたのかを考えると、正直気が遠くなる。

バースデーカードにメッセージを書くっていうのは、こういう犠牲と対峙することを俺に強いるわけだ。これが何よりもキツかった。ただ素直に感謝を書けばいいのに、それこそがむしろできなかった。

そういう苦難の時に俺が還るのは、やはり本だった。

俺がこの被害者と加害者という立場の間で引き裂かれるなかで見つけた本が小西真理子『歪な愛の倫理 〈第三者〉は暴力関係にどう応じるべきか』（筑摩書房）って本だった。紹介文を引用すると「DV（ドメスティック・バイオレンス）に代表される、暴力関係から逃れられないひとには、実際、何が起きているのか。問題系を前提とした〝当事者〟ではなく、特定の個人に注目した〝当人〟の語りから議論を始めたとき、〝第三者〟は、どのようにして応答することができるのか。本書は、『なぜ暴力関係から逃れられないのか』という問いへの通説的な見解に対して、再考を迫る」って感じだ。

で、この本の三章では「修復的正義」という概念が紹介される。DVにおいては、被害者と加害者を分離させるというのが一般的な方法だけども、これでは解決できない関係性も存在している。例えば被害者が加害者との関係を終わらせたくないといった場合だ。

そういった場合、この関係を終わらせるのではなく、ミーティングやセラピーを通じて関係性を修復していくという方法もあり、これが「修復的正義」と呼ばれていると。

この概念を知って、目からウロコが落ちた。まず前提として、俺と家族の間で暴力はなかったからDVとかもなかった。とはいえその関係性は冷戦みたいなもので、どっちが核のスイッチを押すかの緊迫した状況だったと俺はそう思っている。

こういう関係について、フェミニズムの本やらフェミニストの言葉とか読んだりすると、自分のことを受け入れない親とは縁を切って、自立した人生を送ろうみたいなことが書いてある。それに少しばかり共感していた時期もあるが、少なくとも今の俺にはそれは無理だし、実際やるべきでもないという感覚がある。

完全に自立する経済力や胆力があるなら、縁を切るのも実践できるだろう。俺は正直まだどっちもない。さらに体調としてクローン病って難病を抱えていて、特に母親には食事の面で本当にお世話になっていて、縁を切るというのは現実的ではない。まあ甘ったれるなとは言われるだろうが、現状を鑑みればこの生活はまだ続かざるを得ないって思う。

それに今より迫ってくる事実は、自分が家族に対して、思い切って縁を切るって選択ができる一方的な被害者ではなく、むしろ加害者でもあるってことだ。俺の人生もまあブッ壊れてるが、親の人生も俺自身がなかなかにブッ壊してしまったという事実と、そのブッ壊した張本人として向き合う必要がある。

今の俺が言うべきなのは「毒親」じゃなく「毒子」って言葉だろう。「毒子」であることを受け入れ、背負って、被害者である親とその関係性を修復していき、ともに生きていくっていうことをやっていくべきなんだ。俺はそれがしたい。

そして俺はコルトンのフードコートにいたんだ。フードコートの端っこにある席に座って、Loftで買ったバースデーカードを前にうんうんと唸っていたんだ。母親が誕生日で、彼女に何という言葉を贈ればいいのか、悩みに悩んでいたからなんだ。

昔から死ぬほど文章を書いてきて、今じゃ文章を書いて生計立ててるくせして、どうにも文章が浮かばないんだよ。しかもさ、どうしてかこうペンを持ってる手が震えてさえして、メッセージを書くのが躊躇われるんだ。

だが震えている手を見続けてたら、思い至るんだよ。

自分はこの文章を含めこころみとか小説とかはタブレットでたくさん書いていたりする。それが何故かといえば、タブレットのキーボードでポチポチする方が文章を書きやすいのもそうだが、紙に書くとなると自分の字があまりにも汚すぎるからでもある。その読めなさたるや、字を人に見せると「ルーマニア語ですよね?」とか、時には「アラビア語ですか!」と言われたことがあるほどだ。母親にだって「もっと読める字を書け」って何度も何度も言われたこと、あるよ。

こういう風に人が読めないほど汚い字だから、別に読まれる必要のないことを紙に書いてきた経験は大分あるが、人に読んでもらうことが前提の文章を紙に書いた経験が、特に大人になってからはほとんどなかった。つまりそれは、誰かに感謝とかを伝える手紙を直筆で書いた経験もまたほとんどなかったということだ。こんな調子じゃ、親に対してだってそういうものを書けてたわけがない。

今になって思うのはこの字の汚さは身近な誰かと向き合うことを拒否してきた象徴じゃあないかってことだ。直筆の文章を読む相手は親だとか友人だとか、精神的にはもちろん物理的にも近くにいる人々なわけでね、そういう人すら読めない字を書くのは近しい人にすら心を開いてない状態なんじゃないかとふと思えた。字の汚さの裏側に、俺は自分の内面を隠してきたのかもしれない。

だからこの震えはそれを超えて、近しい人に自己開示しようとしているがゆえの震えなのかもしれなかった。そしてそれは母親と正面切って向き合うことを避けてきたがゆえの自業自得の震えでもあって、そこが情けなかった。

とうとうこの情けなさにまで辿りついた時、俺は、それでも何かを書くしかないと思う。俺自身が一回考え始めるとずっと考え込んでしまい、そうして動けなくなってしまうタチってのは、自分が一番知っていた。

これ以上考えたらこのままドツボにはまるってのは、皮膚感覚で分かった。だからもうマジで、何か書くしかなかった。

未だに文章は考えついてない。

それでも書ける言葉を書くしかなかった。

何かもう、藁にもすがるような思いでパッと一瞬に浮かんだ言葉を書いた。

母さんへ……

そしたら何か急に、心の底から文章が湧いてでてきて、ペンが止まらなくなった。

ここで改めて紙に書き記して伝えたいっていう文章を、一気呵成に書いたんだった。

何時間も何日も悩んでいたっていうのに、実際書くとなると本当に数十秒で書けたよ。不思議なもんだ。

そして書き終わった字は、まあ他人にも読めなくもないという字だった。確かに読めるってレベルの、より汚くない文字で俺の内面について書いた。

その内容は……あんま、ここには書きたくない。

別に大層なこと書いたわけじゃあない。でも何か、これに関しては俺たち家族の間での秘密にしたいとそう思ったんだ。それでもただ一つ言えるのはそこに記したのは謝罪と、そして感謝であることだ。

俺は椅子から立ち上がって、母親へのプレゼントとバースデーカードを持って家路につく。

それが俺なりの「修復」への第一歩というわけだった。

はじめての、両親と晩酌
ルーマニアのアンカに捧ぐ

アンカっていうルーマニア人の友人がいた。

前に書いた映画配信サイトMUBI、そこのページにルーマニア語で映画の感想を書くなんてことを一時期してたんだけど、ある時そこにコメントが届いた。

あなた、ルーマニアに興味があるの？

それに対してルーマニア映画とかルーマニア語に興味があると返信したら、相手が興味を持ってくれて、アドレスを交換してメール上で喋るようになった。これがアンカとの出会いだった。

彼女はルーマニアに関することをマジで色々教えてくれた。オススメのルーマニア映画だったり、首都ブカレストの名所だったり、ルーマニア語で使われるオノマトペだったり……この頃はまだルーマニア語が全然分からなかったから、まだマシな英語を使って俺はアンカと喋ってた。相手はペラペラだったから大分お世話になったし、これのおかげで英語が上達するという予期せぬことも起こった。

で、こっちは日本映画とか日本語について色々と話すわけだけど、この時期はバリバリ引きこもり生活中だから、そんな現状への恥ずかしさや後ろめたさだったりで、個人的なことについては全然話さなかった。逆にアンカへそういうことを聞こうとも思わなかった。

だから相手もそういうこと話してはこないわけだけど、文章の端々から彼女の生活とか人生とかが窺える時が確かにあった。ドキュメンタリー制作が将来の目標だから映画学校に通ってるとか、ルーマニアが舞台のドイツ映画『ありがとう、トニ・エルドマン』を父親と一緒に観たけど父親がルーマニアの描き方にキレてたとかね。

今思えばこれを話してくれた時、もっと深掘りして聞けばよかったんだよな。どこの学校通ってるの、どんな授業を受けたりしてるの?とか、お父さんは何で映画にキレたの、そういえばこの映画ってビジネス関連の映画だけどお父さんはどんな仕事してるの?みたいなことを聞けばよかったたってさ。

だってこういうことを聞いていけば、アンカや彼女の人生についてもっと知れて、もっと仲良くなれたかもしれないからね。だが当時の俺はそうしなかった。もしかしたらそれはこの友情関係がいつまでも続くと思っていたからかもしれない。

ネットという空間は良くも悪くも軽い。俺は色んなところでその良い部分についてずっと書き続けてきたわけだけど、悲しいことに軽いからこそそこで得た繋がりは消え去るのも容易いって悪い部分が厳然として存在している。

この後から、俺はFacebookを駆使してルーマニアの人と猛烈に繋がっていき、俺のルーマニア語が加速度的に上達していく中で、逆にアンカとの繋がりは薄れていった。俺たちはFacebookでも繋がってメールじゃなくMessengerでやりとりをするようになるけど、アンカがネット上に現れることが少なくなっていき、徐々にやりとりの頻度も減っていった。そしてそれが他のルーマニアの人との交流に置き換わっていくのは時間の問題だった。

そしてある時、アンカがFacebookのアカウントを消しているのに気づいて、愕然としてしまった。俺はメールで、英語じゃなく上達したルーマニア語でメッセージを送ったけども、返信はなかった。何回かメッセージを送ったが、どれにも返信は来なかった。こうしていともあっけなくその繋がりは途絶えてしまった……

実を言えば、彼女こそが俺にとって初めてできたルーマニアの友人だった。ルーマニア人はめっちゃFacebookやってるからここでルーマニアの友人を作れと助言してくれたのも彼女だった。実際それで色々な繋がりができて、アンカの友人とはFacebookで未だに繋がってたりする。

でもそこで、アンカだけが消えてしまっている。ポッカリと穴が空いたみたいに。

何かさ、俺と同じく精神的に不安定なところもあったから、彼女のことを考えるたびにもしかしたらこの世にいないんじゃないかとか、そういう最悪の想定をしてしまったりするんだよ。先の友人たちに彼女のことを聞けばいいんだけどさ、パンドラの箱を開けてしまうんじゃないかって恐怖がある。

千葉ルーにおいてアンカのことを全く書かなかったのは、この恐怖と向き合うことができなかったからなんだ。本当に心の底から思うよ、もっと彼女に色々なことを聞いておけばよかったって。学校の名前とか、家族の名前とか、最近食べた美味しいものとか、最近買った本のこととかそういうのもっと聞けばよかったって。

で、そういうこと聞かなかった理由を、自分の生活がガタガタでそういうのがバレるのが怖くて、逆に相手にも個人的なことを聞けなかったってさっき書いた。それも理由の一つではあるが、もっと大きな大きな理由として、自分の性格の根本にあるものについて考えざるを得ない。

それは「他人に興味を持てない」っていう自己本位性だ。

とにもかくにも唯我独尊で、何だかんだ言っても結局俺は自分にしか興味がない感じ。自分のことはどこまでも知っていきたいと思いながらも、そういう熱量で他人のことを知っていこうとはあんまり思えない。他人と映画とか本の話をするのは最高に楽しいし、その会話から相手の性格や思考、それから人生の一端が窺えるのは興味深く思える。だがそういうことについて直接聞こうとはあんまり思わない。本当、興味が湧かないいんだ。

だけど今、社会に自分を開き、リアルでも人と関わっていく中で、これじゃイカンのではないかってとうとう思い始めた。アンカとのことの二の舞にならないように、こういう自分を変えたいとやっと思い始めたんだ。思い始めながらも、じゃあ実際何かしたかといえば、何もできないでいた。

「はじめての、お父さんと晩酌」なんかはどうですか？

第二部「はじめての、〇〇」のネタ出しにおいて、編集さんの出してくれた案がこれだった。今までずっと話し手をしてきたから、逆に聞き手として何かやってみないかとの提案だった。

だけどその提案を聞いた時に、俺はマジに動揺したんだった。俺が「他人に興味を持てない」ことについて悩んでたのを編集さんが見透かしたように思えたのがその理由なのはもちろん、実はもう一つ理由があったりした。

父親はマジに無口な人なんだ。全然喋らないから、傍から見ると何を考えているのかが分からないんだよ。三十年もの間いっしょに住んでるってのに、話すのは一日に二言三言で、夕飯食べながらテレビ見てる時、観てる番組をネタにして話す時が少しばかりあるってくらいだ。

だから喋らない父親を見ていると、時々空洞を見つめているようで恐ろしくなる瞬間がある。俺の父親って一体誰なんだろうか？っていう感じだ。そんでもって他人に興味が持てない性質は、もしかしたら父親から受け継いだものかもしれないと思う時もあったりする。

こういうわけでテレビ観ながら軽く話を振るとかじゃなく、真剣に父親自身について何かを尋ねるってことを考えると落ち着かなくなった。マジでラジオ出ることが決定した時より緊張感があった。

だが今、そういうことをするべき時だっても思った。何故ならこれを編集さんから振られた時、ちょうど父親の誕生日が近かったからだ。

これを編集さんに話したら「自分がプレゼントに酒送ってあげますから、それをネタにして、晩酌頑張ってください！」と背中を押してくれた。

執筆も最終局面だったし、もうここでやるしかない！と俺は覚悟を決めたよ。

そして俺は父親に何について聞けばいいか色々と考えることになるわけだが、その過程で俺は父親にしろ、母親にしろ、彼らの人生について全然知らないってことに気づかざるを得なかった。

どこで生まれたのか、今までどういう人生を歩んできたのか、人生で最高の瞬間最悪の瞬間は何だったのか、俺がどういう風に育って欲しかったのか、今の人生を昔予想してたか……そういう基本的な問いすらも親に投げかけたことがなくて、だから親のことを全然知らなかった。

そういう聞くべき問いが浮かんでは消える……だけど俺は何を聞けばいいんだ？

あっという間に、当日が、やってきた。

テーブルには寿司だとかポテトフライだとかピザだとかが並ぶ。寿司はまだしも、俺の消化器のせいで普段は食卓に並ばないものの数々が並びまくっていた。誕生日みたいに家族の大事な日だけはこういう食事を解禁していて、俺にとってはマジに壮観だった。こういうのが普通に食卓に並んでた時代を思い出して、泣きそうになるよ。

とはいえ今日は俺が主役ってわけじゃあない。今日の主役である父親に俺がプレゼントしたのは、チョコンとした口ひげの絵がついた銀色のタンブラーだった。口ひげは父親のチャームポイントというか、自分が物心ついた時には既に蓄えていて、剃った状態の顔がほとんど記憶にないほどだ。それが似合いすぎて、子供の頃はアジア人じゃなくてアラブ人の石油王とかじゃないかと思っていたくらいで、俺にとってはこの黒い口ひげこそ父親の象徴なんだ。

だから思わずこのタンブラーを見かけた時にこれだ！と思って買っちゃったよ。これについて話したら、はにかんだような表情を浮かべてくれた気がする。

それでいただきますと言って食べ始めるわけだけども、ここで編集さんが買ってくれた芋焼酎ＧＬＯＷが登場だ。大分洒落たパッケージの酒だけども、それを皆の器に入れてみる。

まず匂いがもう芳醇で、鼻から脳へと魔法の風が吹き抜けるみたいな感じだった。

そんで、飲んでみる。自分が何かを思う前に、真っ先に話し始めたのは母親で、焼酎は苦手だけどフルーティな香りがいいと一番ノリがよかった。逆に父親はあまり言葉を発さずに、静かに味わうという感じなんだ。顔を傾けた時に口ひげが揺れる音すら聞こえてきそうなほど、静かだった。こういう風景見てると、両親の性格がマジで真逆だなと感じたりする。

しかし酒を味わうなかで、俺は緊張していた。どういう質問をすればいいのか？

今まで色々な「こころみ」をしてきたが、実際この時が一番ドキドキしていた。結構、本気で逃げたくもなった。バースデーカードでの葛藤にしろ、そこまでのレベルで、俺は家族と真剣に向きあうことから逃げていた。

でも俺は何だかんだ色んなことをやってきた。やってきたんだ。

とりあえず、やってみろ。とりあえずやってみろ、マジで！

そして俺は父親の口ひげを見ながら、俺は聞いたんだ。


「好きな食べ物って何？」と。

そう、俺がしたのはこんな平凡な質問だった。周りからすれば、何でそれ？と皆が思うような質問だった。

でもだ、俺が色々と質問を考えてこの平凡な質問に辿りついた時、あなたの親の好きな食べ物は何か？って誰かに聞かれてもちゃんと答えられないってことに気づいて愕然としたんだよ。三十年一緒に住みながら、こんな些細なことすら知らないとか人としてどうなのか？ってさすがに思ったんだよ。

そしてこの問いが個人的に強く印象に残ったのは、クローン病という難病を喰らわされ、好きなものを安心感とともに、心ゆくまで楽しむってことが一切できなくなったからだ。今の俺にとって食事は最も考えたくない事柄だ。今や話題に出したくない事柄の最も大きな一つだった。

でも……だからこそ聞く価値があるとそう思えた。

このトラウマを少しずつほどくためにも。

生活ってやつをやっていくための一歩を踏みだすためにも。

それで、俺は「好きな食べ物って何？」って聞いたんだ。

父親は……今食べてるこういう寿司が好きだって言ってから、その後に牛肉よりも鶏肉の方が好きだって話してくれた。そうだったのかと思うと同時に、いやこういうことですらマジで全然知らなかったなという驚きがあったりする。

そういえば、鶏肉系の料理を結構ガツガツ食べていたりする。しかも七十近くで、肉にマヨネーズまでかけて食べていて、三十一の俺よりも胃腸がずっと元気だというのは傍らで感じたりするよ。というかもしかして俺の好物が鶏の唐揚げなの、父親の影響か？

こうやって酒のノリで、父親に少しでも話が聞けて俺は何だか嬉しかった。

そしてこのノリで、母親にも「好きな食べ物って何？」と聞いてみたんだ。そしたら真っ先に焼きそばが好きって話してくれて、ぶっちゃけめちゃくちゃ予想外の答えだった。

でもそういえば俺がクローン病になる前は焼きそばをめっちゃ炒めてたなとかふと思ったりする。キャベツやらもやしやらはちゃめちゃ量を入れまくっていて、焼きそばよりも野菜炒めが本体だろくらいの量だったが、そうかああいうのが好きだったんだなと。

それで俺は、今酒を飲んでるわけだから、二人に好きな酒についても聞いてみた。

父親は焼酎が一番好きで、安いってのも相まってもうずっと飲んでると。居酒屋ではまずビールでその次にホッピーを飲み満を持しての焼酎という流れにしているらしかった。一方で母親はビールが好きで、居酒屋でもずっとビール飲みまくってるらしい。ついでにホッピーは炭酸が抜けたビールみたいで不味いと苦言を呈していて、思わず笑っちまったよ。

こうして最初は「父親と晩酌」だったはずが、母親も交えて自然と「両親と晩酌」になってた。つうかこれ晩酌って言っていいのか？って感じもあるけども、俺なりに頑張った、いや頑張ったんだよ、本気で。

俺は親のどちらか片方と喋るというのはちょいちょいあるし、本の出版後は自然と頻度が多くなったのを感じてる。でもこうやって三人で和気あいあいと喋るっていう状況は、俺が鬱になった二〇一一年以降はあんまりなかった気がしている。

そうして柄にもなく、何か家族っていいなとかそういうことを思ったりした……

こういう風な時間をもっと過ごせたらいいなってさ……

こうさ、フェミニズムやクィア理論ってのは、基本的に家父長制というか男性中心社会を批判している。で、個人間においては家族という存在がこうした社会の縮図になっていて、家父長制の温存に一役買ってるみたいな論立てをしたりしてる。だからそういう家族中心主義を批判することが、家父長制を解体するための第一歩である……そんな論が活発だと思っている。

この観点から見ると、自分を生んでくれた親みたいな既存の家族への愛着とか帰着は保守的だと批判されるかもしれない。

批判は全く正当なものだと思う一方で、俺は今、この家族って存在を簡単に切り捨てることはできないなと思っている。俺はこの批判を踏まえたうえで、俺を生んだ両親と生きていこうっていう選択をしようと思っている。そうして家族を全面的には否定することなしによりマシな社会を作っていくという方向性でやっていきたいんだ。

「脱引きこもり」ってやつをやっていくにあたって、その過程は「一人で生きる」ことを学ぶ過程なのだろうと最初は思えた。だが実際知っていくことになったのは自分がどれだけ多くの人に支えられて今まで生きてきたか、そして今後も生きていくかだった。

こうして知らぬ間に俺は「一人で生きること」と同時に「みんなで生きる」ことを学んでいった。

そして今俺は、家族ってものがその「みんな」の中でも良かれ悪かれ際立った存在であることを体感している。

この唯一無二さを昔は完全に呪縛のように思いながら、ようやっとその良き面も見えてきたのかもしれない。その二つを意識しながら、いい感じの距離感で一緒に生きていくことがしたいって今思えてる。

そしてそれを親だけじゃなく、俺と繋がってくれる人々に対しても感じてる。

とうとう俺は俺自身についてじゃなくて他人について知りたくなってきてる……のかもしれない。少なくとも俺はそのやり方を一つ体得できた気分だ。

「みんなで生きる」っていう大きなことは「他人に個人的なことを聞く」っていう、こういう単純なことから始められるってね。

誰かに個人的なことを質問するのはそんなに得意じゃないけども少しずつ聞きたいことを育みながら、俺はみんなと一緒に生きていきたいという思いがある。

俺はみんなと一緒に、歩いていきたい。

おわりに

俺＝〈男〉に侵食される前の、本当の自分を取り戻す

そんな文章を見かけたのは『女ことばって何なのかしら？「性別の美学」の日本語』（平野卿子著、河出書房新社）という本でだった。この本は女ことばとかジェンダーで分けられた言葉遣いについて考察するもので、かなり印象に残ったオススメの一冊だ。

それでここには一人称の話も載っていて、そこで大学生による新聞の投書が引用されていた。その引用された文章ってのが冒頭のものだった。

この投書文を読みながら、そういう考え方は危ないぞって老婆心、いや老爺心ながら思ったんだ。

「俺」って一人称が本質的に男を意味し、かつ男＝よくないものと定義する本質主義的な考え方が危ういのはもちろん、大学生の声からはそんな「俺」から解放されなくてはという切迫感が感じられて、心配になったわけだ。

男らしさとか男性性中毒に関して、本人が様々な辛い経験をしてきたのかもしれないと思えたのと同時に、俺自身も影響を受けた「俺という一人称は家父長制の権化！」って具

合の過激な物言いに、この大学生も同じく影響を受けてしまってるんじゃあないかとすら思えた。

こういう主張はやっぱあんまりにも極端すぎる。男らしさ自体ある程度は別にあってもいいし、あっても別に悪くないと思えるような社会の方がまだいいんじゃないか？

この投書を読んで、そんなことをより意識するようになったんだ。

ここまで書いてきたこころみをしている途中、俺はポール・B・プレシアドの『カウンターセックス宣言』（藤本一勇訳、法政大学出版局）を読んだ。

マジにクソ難解な本で、少しだって読み解けた自信がない。

しかしそれでも俺としては、これは「セクシュアリティとかそういうの、自分の手でバキバキに改変していこうぜ！」という性の無限の可能性を綴った書だと受け取った。

さらにプレシアドも影響を受けた哲学者ジュディス・バトラーの入門書、『バトラー入門』（藤高和輝著、筑摩書房）って本も読んだが、ジェンダーを解体していくのではなく、ジェンダーを増やして多様にしていくべきだっていう論が印象に残った。

そうしていつしか俺はこういう改変と多様化をシスヘテロ男性、多数派男性の領域においてやっていきたいという思いが芽生えていった。

加害者。差別の行使者。自分のことを労らないから必然的に他人のことも労らず、結局自分も他人も傷つける救えねえ野郎ども。差別とかにあまりに無自覚かつ無頓着すぎて、クィアな人々に呆れられるやつら。

　こうやって批判される中で俺もシスヘテロ男性として恥ずかしく思ったりする中、批判に対して振る舞いを反省することもなく、ポリコレだなんだとつまらない言葉を使って差別を正当化しようとする野郎どもに対してもムカついた。ここまでバカにされてるのに、少しは恥ずかしく思わねえのかよってさ。

　それと同時に、批判者に対してもそれは批判じゃなくてただの雑な悪口だろと思う時もあった。ただ強い言葉でこっちを罵倒したいだけで、建設的な議論をする気がないんじゃないのかと。多数派だからってこういう扱いされたら、こっちだってモヤモヤは溜まるんだ。

　そこで気づいたのが「多数派男性」というアイデンティティに対する矜持みたいなものが、俺のなかで芽生え始めているってことだ。

　多数派だからこその責任を背負い、差別や抑圧に向き合う。それでいて、自分たちに対してもし納得のいかない非難や批判があれば「いや、それはさすがに違うんじゃないですかね?」と正面切って、反論したりできる。

　こういうフェミニストやクィア当事者に堂々顔向けできる、恥ずかしくない多数派男性ってものが存在してもいい。少なくとも俺はそういう風な存在でありたい。

　こういう方向性で多数派男性という概念を改変し、その内部にまた別の多数派男性を作ろうってのがつまりこの本でやろうとしていた「こころみ」の一つだった。その改変のための道具として『カウンターセックス宣言』内で、プレシアドは「ディルドー」っていうテクノロジーを挙げてる。「ディルドー」ったらペニスの形をした大人のおもちゃが想起されるだろうけど、プレシアドはコイツを自分のジェンダーを組み換え拡張する、無限の可能性を持つテクノロジーとして描きだしてるんだ。ここにおいちゃ俺にとっての「ディルドー」、つまり俺の性をバキバキに改変してくれる存在がこころみに出てくる存在の数々、つまりダンベル、チョコザップ、有隣堂、それから水やハンカチっていうことだったわけね。

さらに今、振り返るなら、こうやってプレシアドやバトラーの助けを得て、俺の性をバキバキに組み換えていった中で、同時に「俺」という一人称の意味もバキバキ変えていこうとしていた。

もっと多くの人が自由に、それこそ侵食なんて感覚を味わわず男性、女性、ノンバイナリー、他にだっている色んな人が「自分はこれが使いたい！」って思ってそれで使えるような「俺」へと、この一人称を変えていきたかった。

そして俺は、改変していった「俺」に「看る」や「こころみ」をそのまま託していっていたのかもしれないなっても思う。

読んでもらって気づいてる人も多いだろうが「看る」だとか「こころみ」みたいな造訳語を、文中で実際に使用している回数は意外に少ない。ここには俺なりの考えがあった。

俺は映画批評もやってるわけだが、映画みたいな映像芸術においては物語だったり登場人物の心情だったりはセリフで説明するんじゃなくて、身振り手振りなどの行動やアクションで語れというのがある。言葉でクドクド説明すんじゃなくて、体を動かしてバシッと語れってことだ。

この本を書くなかで、立ち戻った理論が実はこれだった。「看る」や「こころみ」をいちいちと説明するのが、果たして実際それを十全に読者へこの概念を伝えることに繋がるのか。むしろ俺自身の行動がつまりはそれを体現しているんだと自然と分かる文章を書くことこそが重要なんじゃあないか。

だからいちいち言及しなかったとて、こうして本一冊分連ねてきた長い文章の裏側には確かに「看る」や「こころみ」に関する思考を俺なりに刻んできたと思っている。もっと言うなら俺は文章において「俺」という言葉を使うたびに、これらの言葉について既に語っている、実践している、そんな本を書きたかったんだ。

実際、この本に取り組んできた一年の中で「ケア」って概念がより一般に広まっている感覚がある。それゆえか「ケア」が金稼ぎに使われたり、自己責任論に取りこまれたりしている印象も受ける。もうただケアすりゃ、セルフケアすりゃいいわけじゃあなくなってきた。

まあそりゃね、ある一つのことをやれば全てが解決するみたいな、魔法みたいな万能の概念はない。そこにおいてどう実践していくかの内実が問われるのは必然だろう。ここにおおいて「ケア」をどうやっていくか?の答えを「看る」「看己」そしてその「こころみ」

の記録を以て、俺なりに出そうとしてきた。

そして、そんな風にやってきたこの本の「こころみ」は、こういう男なら悪くないかもなあと思える「よりマシな男性像」の模索の結実で、だからこそ俺はこれを「俺」って一人称から逃げたがっていたあの大学生にこそ捧げたい。

この人が「俺」って一人称を使ってもここまで思い詰めない、そんな方向へと少しでも「俺」を引っ張りあげられていることを、俺は願いたいんだ。


同時に……この本は、もちろん俺自身のためにも書いた。

一冊目の千葉ルーがもしマイナスの二番底三番底から這いあがる様を描いた本なら、この本は俺の人生、いまだマイナスだった人生をゼロに戻すまでを描いた本なんだってそう思える。

まだプラスになったわけじゃあない。

それでもこういう生活から目を背け、自らマイナスへ逃げこもうとしていた俺としては、やっとここまで辿りついたという万感が確かにある。

どん底まで、俺は一回落ちた。

だが本を書くこと、書き続けることによって這いあがった。

そして俺は大いに生き、大いに生活をした。

その果てに、とうとうこの二つが一つに重なりあった気がしている。

今、目の前には人生ってやつが真の意味で始まり、その上を俺はやっと歩みだしているんだ。

ということで俺の一生、第一部完！

こっから、そうこっから第二部が、幕を開ける……！


ということで、俺にとっての「はじめての、二冊目執筆」がとうとう終わろうとしている。

その経験は一冊目とは全く違うものになった。

内容もそうなんだけど、一冊目は、実はその第一稿を三週間で書きあげた。そして九ヶ月かけて第二稿を完成させた。逆に二冊目はかなりの回り道で、新しく書くのと既に書いたものを改稿するのを同時進行でやっていて、完成までに一年以上かかった。

だから俺にとって一冊目の執筆が「駆け抜けた」なら、二冊目の執筆は「走り抜いた」っていう言葉が似合うものって思えるんだ。

こうして走り抜く力をくれた物たち、人たちに、ここで感謝を捧げたい！

ありがとう、執筆最中に読んだ本たち。

一番最初に読んだのは『シンクロと自由』（村瀬孝生著、医学書院）、この本を書くにあたり医学書院の「ケアをひらく」シリーズには多大なる恩恵を受けた。そして最後に読んだのは『仕事帰りの心　私が私らしく働き続けるために』（イ・ダへ著、オ・ヨンア訳、かんき出版）、なし崩しながら執筆を仕事として二年目の俺に、この韓国からやってきた仕事エッセイは様々な示唆を現在進行形でくれている。

それから『「おりる」思想　無駄にしんどい世の中だから』（飯田朔著、集英社）、『なぜ人は自ら痛みを得ようとするのか』（リー・カワート著、瀬高真智訳、原書房）、『現代カンボジア短編集2』（岡田知子編訳、調邦行訳、大同生命国際文化基金）、『ミミズの農業革命』（金子信博著、みすず書房）、『ポルトガル語からガリシア語へ』（富野幹雄著、大学書林）……そして執筆開始の七月七日から、謝辞を書いてるその翌年の十月一日まで読んだ五五七冊の本たちよ、ありがとう、そしてありがとう！

ありがとう、ウルトラマンアーク。

俺は特撮が大好きだが、一番好きなのはウルトラシリーズで、そこで投げかけられた正義や倫理の問いについてを、俺は小説を書くことで答えている気がするくらい、影響を受けた。

千葉ルー執筆時は、ウルトラマンデッカーの輝くような前向きさに勇気づけられたのを昨日のように覚えている。

そして二冊目の終盤は、アークの一見王道だが、その実挑戦的で複雑な面白さに心を揺

さぶられながら執筆を頑張った。十月からは第二クール、一体どうなるんだ⁉

その期待を胸に、二冊目のプロモーション頑張るぜ！　ジュワッチ！


ありがとう、経済学101界隈の人々。

俺は最近、経済学101ってサイトで経済記事を読んだり、そこに掲載された本を読んだりして、経済学について学んでいる。

そしてこの界隈の人は俺みたいな経済ド素人も受け入れてくれて、優しさも厳しさもある助言をくれる。そのおかげで俺は資本主義や金について知識をつけ、生活に本気で向き合うための勇気を養うことができた。

引用の許可もらった時、理事の青野さんに「二冊目の謝辞で感謝捧げます」って言ったけど、マジで捧げさせていただきます。ありがとうございます！

そして俺はこれからまた粛々と『経済学で出る数学　高校数学からきちんと攻める』（尾山大輔・安田洋祐編著、日本評論社）やります！


ありがとう、イラストレーターのキングジョーさんとデザイナーの桜井雄一郎さん。

俺はお二人にこんなことを言った。

俺の一番好きなニコラス・ウィンディング・レフン監督の『ブロンソン』、ここに漲るようなパワー。

そしてZ級映画や変な映画がバンバン輸出されてたビデオ時代、そのヤベえビデオのジャケットに宿っていたワイルドさ。

そういうもんをブチこんだ本を一緒に作っていきたいと。

その結果が、今皆さんが手にとっている本である。

お二方、あざっす！


ありがとう、市川市と、そして千葉県のみんな。

外へと本格的に出始めて、俺の心には愛郷心ってものが芽生え始めた。ここって住むには本当にいい場所だよ。静かで平和で、交通の便も超スムーズで、しかもたくさんの本が溢れている。俺の気質は正にここでこそ育まれたってそう思う。

しかし何より本当にいい人たちばっかがここに住んでる。

そんな人々の優しさに支えられて、ここまで来ることができたってそう思ってる。

三十年以上この場所で生きてきてやっとかよって思うかもしれないが、俺は気づいた。

俺の魂の故郷、俺が一生を通じて生きていきたいと思う故郷がルーマニア語なら、俺のこの体の故郷、そして俺がこれからも生活していきたいと思う故郷は市川市、そして千葉県だ。

それに気づかせてくれた大切な人たちに感謝を捧げる。

ありがとう、編集の三上真由さん。

一冊目の執筆は、三上さんにしっかりとリードしてもらい、確固たる歩みを以て進めることができた。

今回は、一緒にめちゃくちゃ、めちゃくちゃ迷った。

五里霧中だったと呼びたくなるような道のりを、どうしようこれでいいのか!?って二人で言いながら、それでも自分たちが前だと信じる方向へと歩き続けた。

その果てに、今がある。

達成感に満ちあふれてる今がある……

本当に色々なことがあったが、楽しかった。

三上さんとともにこの本を書けたことを誇りに思う、心の底から。


そして母さん、父さん。

一冊目を書いた時に言えなかったことを言うよ。

ありがとう。


最後に、東大暉。

最近お前、毎日外に出てるな。なかなか良い傾向だ。

だけど俺は知ってるよ。一回ずっと家にいるとまた引きこもりに逆戻りしちゃうんじゃないか？って不安が拭えないからってのもあると。

そんな時に市川市中央図書館の水色のベンチで『方丈記』をさ、原文の古語を嚙みしめながら読んだら、沁みたな。

前の引きこもり状態はなし崩し感があったが、ある程度は鴨長明のように自分の意志で引きこもってもいいかもしれないと、ちょっと心が軽くなったな。

そうさ。千葉県市川市の片隅の、とある一軒家の二階にある子供部屋。

そこをお前の「方丈庵」として、やっていこう。

そしてそこから色んな場所に向かって一歩一歩、歩いていこう。

急ぐ必要はないさ。

だってお前の人生は始まったばかりなんだから……そうだろ？

著者プロフィール

済東鉄腸

さいとう・てっちょう

１９９２年千葉県生まれ。映画痴れ者、映画ライター。大学時代から映画評論を書き続け、「キネマ旬報」などの映画雑誌に寄稿するライターとして活動。その後、ひきこもり生活のさなかに東欧映画にのめり込み、ルーマニアを中心とする東欧文化に傾倒。その後ルーマニア語で小説執筆や詩作を積極的に行い、現地では一風変わった日本人作家として認められている。コロナ禍に腸の難病であるクローン病を発症し、その闘病期間中に、ｎｏｔｅでエッセイや自作小説を精力的に更新。今はガリシア語とルクセンブルク語を勉強中。趣味は東京メトロ１日乗車券を使って東京メトロ圏内のチョコザップをめぐること。注目している若手芸人はどくさいスイッチ企画、忠犬立ハチ高。一番懐かしく思うのは、ゲームソフトを一旦買えばアップデートやいくら課金すればいいかを考えずにただ無邪気に楽しめた時代。２０２３年に刊行した初の著書『千葉からほとんど出ない引きこもりの俺が、一度も海外に行ったことがないままルーマニア語の小説家になった話』は８刷に。

クソッタレな俺をマシにするための生活革命

2024年12月10日　第1刷発行

著者　済東鉄腸
発行者　小柳学
発行所　株式会社 左右社
〒151-0051
東京都渋谷区千駄ヶ谷3-55-12 ヴィラパルテノンB1
https://sayusha.com/
TEL 03-5786-6030
FAX 03-5786-6032

印刷・製本　モリモト印刷 株式会社
イラスト　キングジョー
ブックデザイン　桜井雄一郎

ISBN 978-4-86528-428-7

Reforma vieții pentru a mă face un om mai puțin căcăcios și mai inimos